DIE DACHZIEGELBANDE

THOMAS J. HAUCK

DER Mann mit dem RABEN

MIT ILLUSTRATIONEN VON JULIA DÜRR

DAS HISTORISCHE WISSEN FÜR DIESES
BUCH STAMMT VON DEN SCHLAUEN KÖPFEN:
CHRISTINE J. E. KENNER UND MICHAEL IMHOF

KAPITEL

LINDE 250 JAHRE
CHRIS
8 JAHRE
REBECC
9 JAHR
TURMFALKE
3 JAHRE
HATICE 9 JAHRE
MAUER
300 JAHRE
AMIRA
9 JAHRE

KAPITEL 1

Mit baumelnden Beinen saßen wir auf der großen Linde. Hinter uns die alte kleine Kirche, wo die Turmfalken ständig in den wuchtigen Turm ein- und ausflogen. Vor uns das weite Land, wo man bis sonst wo und noch weiter blicken konnte. Im Tal die Stadt mit ihrem Fluss und direkt unter uns die kleine kopfsteingepflasterte Gasse, die zur Kirche und zum Friedhof führt.

Hatice, das bin ich, Amira, das ist meine Zwillingsschwester, Rebecca, eigentlich Becci, und Chris. Wir wollten eine reine Mädchenbande sein, aber dann ist Chris zu uns gestoßen. Wir haben ihn aufgenommen, weil er besonders ist. Er ist anders als die anderen Jungs. Als er uns fragte, ob er in unserer Bande dabei sein darf, haben meine Schwester und ich

zu Becci gemeint, dass wir das gut finden. Obwohl wir ’ne Mädchenbande sein wollten. Wir haben beide das Gefühl gehabt, er könnte unsere Schwester sein. Becci hat erst ein bisschen komisch geschaut, dann hat sie genickt und gesagt: »Stimmt, geht mir auch so!« Chris hat uns ein paar Tage später erzählt, dass er lieber ein Mädchen wäre. Als er das einmal in der Schule, in der Klasse gesagt hat, haben die Jungs gelacht und ihn geärgert. Doofe Jungs. Aber wir haben einen tollen Lehrer, den Herrn Fuhrmann, mit dem haben wir dann immer wieder Rollenspiele gemacht. Die Jungs waren die Mädchen und umgekehrt. Wir Mädchen,

dann die Jungs. Am Anfang gab es ein Gegackere und Gekichere, aber dann, nach so vier bis sechs Wochen, ist der Lauteste aus unserer Klasse zu Chris und hat gesagt, dass er das toll findet. Und wenn er Hilfe braucht, also er täte ihn, ähm, sie beschützen. Weil Männer doch Frauen beschützen, das sei doch so. Wir haben gegrinst und haben gestaunt über ihn. Der ist gar nicht so doof. Naja, manchmal. Ich fand das klasse, also bis auf den Beschützerspruch. Jetzt ist Chris bei uns in der Mädchenbande. Und er ist ja eigentlich ein Mädchen. Abgesehen davon bin ich ja auch dabei, obwohl ich gerne ein Junge wäre. Am besten beides. Je nachdem. Und dann ist da noch Marijke. Eines Tages ist ein Mädchen aufgetaucht, als wir gerade so herumsaßen und »Mau-Mau« gespielt haben. Ich glaube, ich habe noch nie jemand gesehen mit so strubbeligen Haaren. Hat sich zu uns gestellt und uns angeschaut und gefragt, ob sie bei uns mitmachen kann. Sie hat gesagt, dass sie Marijke heißt. Wir

haben beratschlagt, vielleicht drei Minuten, höchstens, da war klar, sie musste dabei sein! Sie hatte so 'ne besondere Ausstrahlung. So was Geheimnisvolles.

»Wo wohnst du?«, hab' ich sie gefragt.

»Da hinten«, war ihre Antwort.

»Und wie alt bist du?«, fragte meine Schwester und Marijke grinste. Sie meinte nur: »Ist das jetzt ein Verhör?«

Wir erfuhren nie, woher sie kam, und wissen es bis heute nicht. Ist auch total egal. Das Besondere an ihr war auch, dass sie irrsinnig seltsame Geräte bauen konnte. Mal kam sie mit einem Flugzeug, das sie aus Blechbüchsen, Draht und altem Spielzeug gemacht hatte, mal mit einem Rennauto. Und immer konnte sie ihre Fahrzeuge mit dem Handy steuern. Wenn wir fragten, wie sie das gemacht hat, zuckte sie nur mit den Schultern und sagte: »Ich kann das eben.« Eines Tages las ich in der Zeitung, dass Marijke Södermann den 1. Preis beim »Jugend forscht«-Wettbewerb für eine vollautomatische Haarschneidemaschine bekommen hatte. Steuer- und programmierbar über ein Handy! Es war ein Foto dabei. Das war ganz eindeutig Marijke!

»Boah, hast ja einen Preis bekommen!«, riefen wir ihr zu, als sie kam. »Herzlichen Glückwunsch!«

»Ist jemand anderes, sieht nur so aus wie ich, bin schon oft verwechselt worden«, meinte sie nur und grinste dabei.

Aber jetzt mal zu uns. Also zu mir und meiner Schwester. Wir sind beide aus Serbien und wir waren beide beim Circus. Bis hierher sind wir gekommen. Das ist schon drei oder vier Jahre her. Wir haben Akrobatik gemacht. Ich bin immer noch am Trainieren, macht total viel Spaß. Wir sind hiergeblieben, es ging nichts mehr. Mama ist eines Tages ganz arg krank geworden, so krank, dass sie eines Nachts gestorben ist. Das war furchtbar traurig und ist es jetzt immer noch. Papa ist ganz still geworden. »Ich bin in einem dunklen Loch«, sagt er immer. Wir konnten keine Vorstellung machen, wir haben den Circus verlassen, der ist weitergezogen. »Wenn's wieder geht, kommt zurück!«, hat der Direktor gemeint. Wir haben lange dem Treck mit den Circuswagen nachgeschaut. Papa und wir haben geweint. Haben so lange geschaut, bis alle Wagen am Horizont verschwunden waren.

Jetzt packt Papa Pakete für so einen Versandhändler und hat's im Kreuz und wir gehen seitdem hier in die Schule. Ich bin mehr der Junge zu Hause, ich repariere gerne und so. Manchmal, wenn ich zum Beispiel ein Regal gebaut

habe, sagt meine Schwester grinsend: »Das hat mein großer Bruder gemacht.« Amira ist mehr die Prinzessin, das passt zu ihr, die Rüschen, Pailletten und ihr Faible für Rosa!

Dann ist da noch Rebecca, also die Becci, die ist die Größte von uns und ist total gescheit. Und denkt immer ganz lange nach, bevor sie was sagt. Beccis Papa, Herr Steingraf, ist Wissenschaftler und schreibt Bücher, so Bücher über alte Kulturen und Völker. »Der riecht ganz arg nach alten Büchern und Bücherwürmern«, hat mal Amira mir ins Ohr geflüstert. Frau Steingraf als Beccis Mama macht die besten Pfannkuchen. Ich hab' sie einmal gefragt, warum sie so gute Pfannkuchen machen kann, da hat sie gelächelt und gesagt, dass sie eigentlich van der Koop heißt und aus den Niederlanden kommt, da werden die besten Pfannkuchen gemacht. Das liegt den Niederländern im Blut. Eines Tages hat Papa in Middelbourg einen Vortrag gehalten. Und da ist es passiert. Pfannkuchen und Liebe! Jetzt hat sie so ein dreirädriges Auto, das nennt sich Piaggio, auf dem steht in Orange »Hannekes Pannekoeken«. Damit fährt sie auf Märkte und Festivals und macht dort die besten Pfannkuchen!

Becci will in einer Bibliothek arbeiten und auch forschen, wie ihr Papa. Das passt zu ihr. Sie spielt Saxophon, wir hören sie immer wieder, wenn sie hinter der Kirche steht und spielt. Das ist total schön.

Und dann ist da noch Chris. Der lebt allein mit seiner Mama. Wo der Papa ist, weiß er nicht. Chris ist klasse. Er will mal Koch werden, also Köchin. Er erfindet immer tolles Essen, das bringt er uns dann mit. Das schmeckt richtig lecker. Wenn er uns dann das Essen serviert, bindet er sich eine Schürze um, da sieht er richtig süß aus. Die Mama von Chris hat 'ne Töpferei, macht ganz schöne Sachen: Schalen, Tassen oder Kerzenständer. Immer wieder dürfen wir in ihrer Werkstatt auch töpfern. Das macht Spaß. Ihr Nachname passt zu ihr und ihrer Werkstatt, sie heißt nämlich Schlämmle.

Meine Schwester und ich wollen zusammenbleiben und ein Akrobatik-Duo gründen. Dann werden wir mit Papa herumziehen. Vielleicht landen wir dann wieder in einem Circus. Ich hab' gelesen, in Belgien gibt es so tolle Circusse oder Circen oder wie die Mehrzahl heißt. Also, nix wie hin, gut, vorher machen wir die Schule fertig.

Wir sind alle, bis auf Marijke, in derselben Klasse, der 5b der Rabanus-Maurus-Schule. Warum die Schule so heißt, weiß ich eigentlich nicht mehr so genau. Das wäre ein Mönch gewesen, furchtbar gescheit wäre er gewesen und hat vor ganz langer Zeit gelebt. Wenn man bei uns zur Schultür reinkommt, ist ein riesiges Bild an der Wand, aus lauter kleinen Steinchen, auf dem sieht man einen Mönch und auf seiner Schulter sitzt ein Rabe. Der Mönch gefällt mir, weil ein Rabe auf seiner Schulter sitzt. Ich mag nämlich

SCHULE HEUTE

SCHULE DAMALS

VOR ÜBER 1200 JAHREN …

… KÖNNEN DIE MEISTEN MENSCHEN NICHT LESEN UND SCHREIBEN,

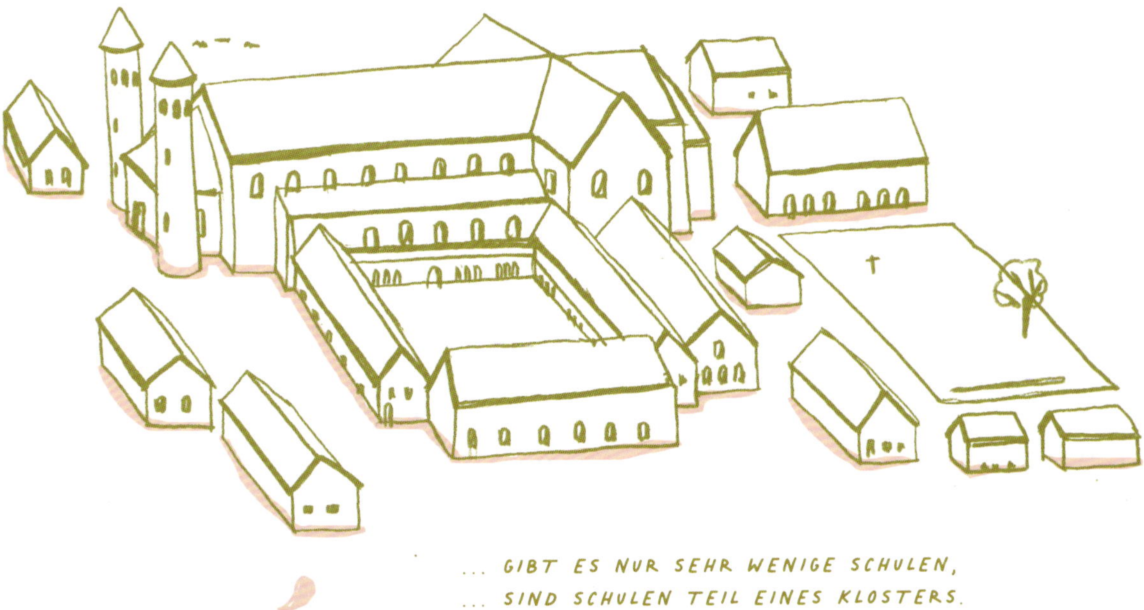

… GIBT ES NUR SEHR WENIGE SCHULEN,
… SIND SCHULEN TEIL EINES KLOSTERS.

RABANUS MAURUS GEHT ZUR SCHULE
UND WIRD SPÄTER SELBST LEHRER.

Raben. »Weil der Mönch Rabanus heißt, hat er einen Raben dabei«, hat unsere Klassenlehrerin gesagt. Und Rabanus heißt kleiner Rabe. Naja, so klein ist der Rabe auf seiner Schulter auch nicht. Für mich sieht der Mönch nicht wie ein Mönch aus, eher wie ein Magier. Die haben auch immer Raben.

Ich hätte gerne einen Raben, ich würde auch mit ihm herumlaufen und einkaufen gehen. Ich würde auch die Rabensprache, also Rabisch lernen, krah, krah, krah. Vielleicht eine Zauberin werden, immer mit meinem Raben auf der Schulter. Der würde mir dann alles einflüstern, also einkrächzen natürlich.

KAPITEL 2

Wir lümmelten auf der Kirchhofmauer herum, schauten in die Ferne, spielten »Ich sehe was, was du nicht siehst« und machten Kirschkernweitspucken.

Heute wollten wir unser Geheimversteck suchen. Das braucht jede Bande.

»Wir brauchen eine Hütte im Wald«, schlug Chris vor, »was ganz Gemütliches, mit Fenstern und Vorhängen und einer Feuerstelle, wo ich immer für euch kochen kann!«

»Ne, ne, nicht im Wald, da wird es ziemlich schnell entdeckt und dann war's das mit dem Geheimversteck, aber auf dem Friedhof, da gibt's einen total verwilderten Teil, der wäre was«, meinte Becci.

»Nee, nee, wir dürfen die Toten nicht in ihrer Ruhe stören«, unterbrach Amira Becci. Wir dachten weiter nach, schlugen Örtlichkeiten vor, verwarfen sie und wägten ab.

»Unten bei der Straßenkreuzung gibt's einen großen verwilderten Garten, da stehen Apfelbäume und ein halb verfallener Schuppen. Das gehört niemand«, meinte ich.

»Oh ja, dann mach' ich euch Apfelkuchen«, fügte Chris freudig hinzu.

»Super, Hatice, schauen wir es uns an, auf geht's!«, rief Becci freudig. »Dann kann ich da meine Hängematte aufhängen!«

»Warum gehen wir nicht in die Kirche, ganz nach oben?«, rief Marijke plötzlich. Wir blieben stehen, hm, warum nicht?

»Aber wie kommen wir da rein, wenn abgeschlossen ist?«, fragte ich.

»Nicht verzagen, Marijke fragen«, sagte sie. Schon rannte Marijke weg. »Nicht weggehen, bin gleich wieder da!«

Wir warteten und warteten. Keine Marijke. Becci versuchte, sie anzurufen. Die Zeit verstrich. Und die Glocken schlugen fünf, dann sechs. Da kam singend Herr Pfüller, der Küster der Kirche.

»Na, wartet ihr auf die nächste U-Bahn?«, sagte er, schloss die Kirche ab und ging singend den Weg zurück. Jetzt war abgeschlossen. Und wie wollen wir hier unser Geheimversteck machen?

»Das wird nix mit dem Dachboden«, meinte Chris, »lasst uns zum Garten gehen, Marijke kommt bestimmt nicht mehr.«

Wir gingen gerade los, da kam sie angedüst. »Ich hab' doch gesagt, ihr sollt warten, da, das ist aus meiner Werkstatt«, sagte sie und warf uns einen riesigen Ring mit ganz vielen verrosteten Schlüsseln vor die Füße.

»Wo warst du denn so lange?«, fragte Amira und hob das Schlüsselbund auf. Marijke sagte nichts und ließ nur ihren Kaugummi platzen. »Na, probieren wir mal, ob einer passt!« Amira ging zur Kirchentür, wir etwas lustlos hinterher. Ob einer der verrosteten Schlüssel wohl passt?

Amira probierte geduldig einen Schlüssel nach dem anderen. Wir schauten, dass niemand kam. Schlüssel für Schlüssel verschwand im Schlüsselloch. Nichts!

»Da wird eher jetzt ein Käuzchen schreien, als dass ein Schlüssel passt«, meinte ich schon etwas genervt. Kaum hatte ich das gesagt, schrie ein Käuzchen, der Schlüssel drehte sich und die Kirchentür sprang auf. Ui, bin ich vielleicht eine Hexenmeisterin?

Jetzt schauten mich alle an, ich zuckte nur mit den Schultern. Und wieder schrie das Käuzchen, als wir die Kirche betraten, hinter uns abschlossen und die Holzstiege zum Dachstuhl hochstiegen. Schließlich stemmten wir eine Tür auf, die in die Decke eingelassen war. Wir stiegen vorsichtig weiter, an den riesigen Glocken vorbei. Dann eine kleine hölzerne Tür, ich stieß sie auf und wir betraten den Dachstuhl. Unendlich viele Holzbalken stützten das Dach und überall lag Gerümpel herum. Direkt neben der Holztür führte eine wackelige Treppe nach oben. Ich kletterte hoch. Zwischen zwei Säulen zwängte ich mich durch. Da, der perfekte Ort für uns! Ich winkte die anderen zum Hochkommen. Ja, das war unser Geheimversteck. Über den Glocken, kleine Fenster und stoßweise Dachziegel, ideale Sitzplätze! Wir machten gleich ein bisschen sauber, naja, so gut es ging. Wir richteten Stühle und Kissen her, eine Blechwanne wurde unser Tisch. Wir setzten uns. Marijke holte aus ihrer Hosentasche fünf Kaugummis. Wir kauten und ließen sie platzen. Das war unser Einweihungsgruß!

DACHSTUHL
GEHEIM-
VERSTECK
LOCKEN
EINGANG

»Morgen bringe ich Kuchen mit«, meinte Chris.

»Und ich bringe was zum Trinken mit«, fügte Becci hinzu. Wir waren so glücklich, dass wir am liebsten hier oben übernachtet hätten. Dass die Glocken ziemlich laut schlugen, störte uns nicht. Das macht alles noch viel spannender. Ein Geheimversteck in einer uralten Kirche mit Glockenschlägen. Das soll uns einer mal nachmachen!

»Jetzt haben wir ein Geheimversteck, jetzt brauchen wir noch einen Namen!«, meinte meine Schwester. Wir nickten und dachten nach.

»Die Dachziegelbande!«

Marijke schaute uns an und malte dann in den Staub auf dem Boden:

»Dachziegelbande, ähm, wieso?«, fragte ich.

»Na, weil hier so viele Dachziegel herumliegen und so einen Namen hat bestimmt auf der ganzen Welt keine Bande!«, sagte Marijke und kaute auf ihrem Kaugummi.

»Hm, da hat sie recht«, fügte Becci hinzu. Marijke griff nach einem Dachziegel, hob ihn hoch und sagte: »Ich taufe uns auf den Namen Dachziegelbande.« Sie ließ den Dachziegel fallen, der in tausend Stücke zersprang.

Jede von uns steckte sich ein Stück Dachziegel in die Hosentasche, dann machten wir uns auf den Heimweg.

KAPITEL 3

Wir saßen auf dem weit über den Vorplatz der Kirche hinausragenden Ast unseres Kletterbaumes. Heute war der Tag, an dem wir den Geheimgang suchen wollten, den es angeblich in der Landschaft zwischen der Kirche hier oben und dem Kloster unten in der Stadt gab. Oder gegeben haben könnte, vielleicht. Ich hatte irgendwo so etwas gelesen, ich weiß nicht mehr wo. Aber wir waren alle Feuer und Flamme. Ein Geheimgang, das riecht nach richtigem Abenteuer. Genau das Richtige für uns, die Dachziegelbande!

Wir rätselten: Wo könnte der Geheimgang beginnen? Wir waren überall herumgestreunt. Haben nach Eingängen in Mauern gesucht, die vielleicht zugemauert waren, nach Brunnenschächten. Wir haben die Kirchenwand

LANDSCHAFT

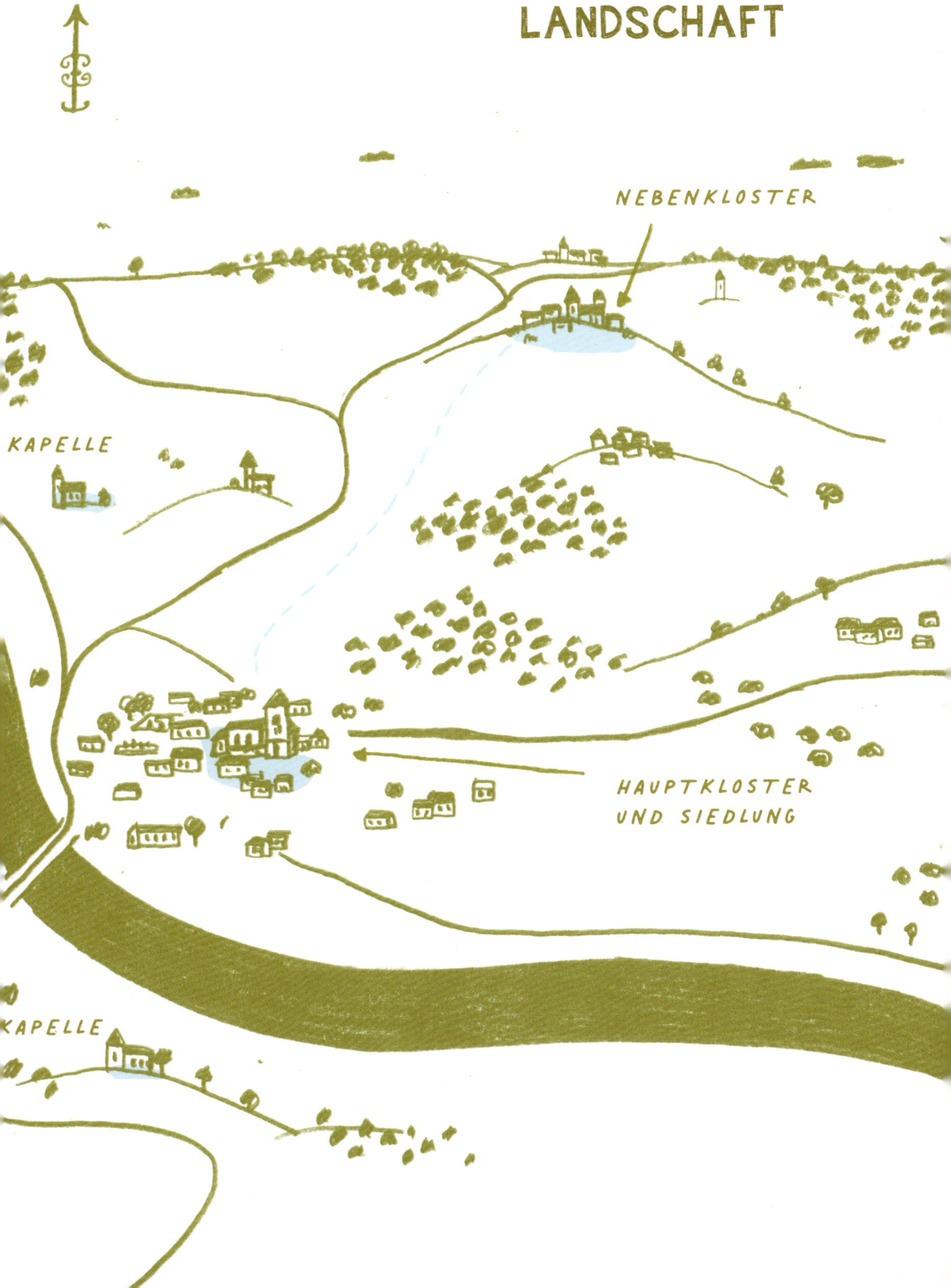

KLOSTER

HIER LEBEN UND ARBEITEN MENSCHEN IN RELIGIÖSER GEMEINSCHAFT, NONNEN IN FRAUENKLÖSTERN, MÖNCHE IN MÄNNERKLÖSTERN.

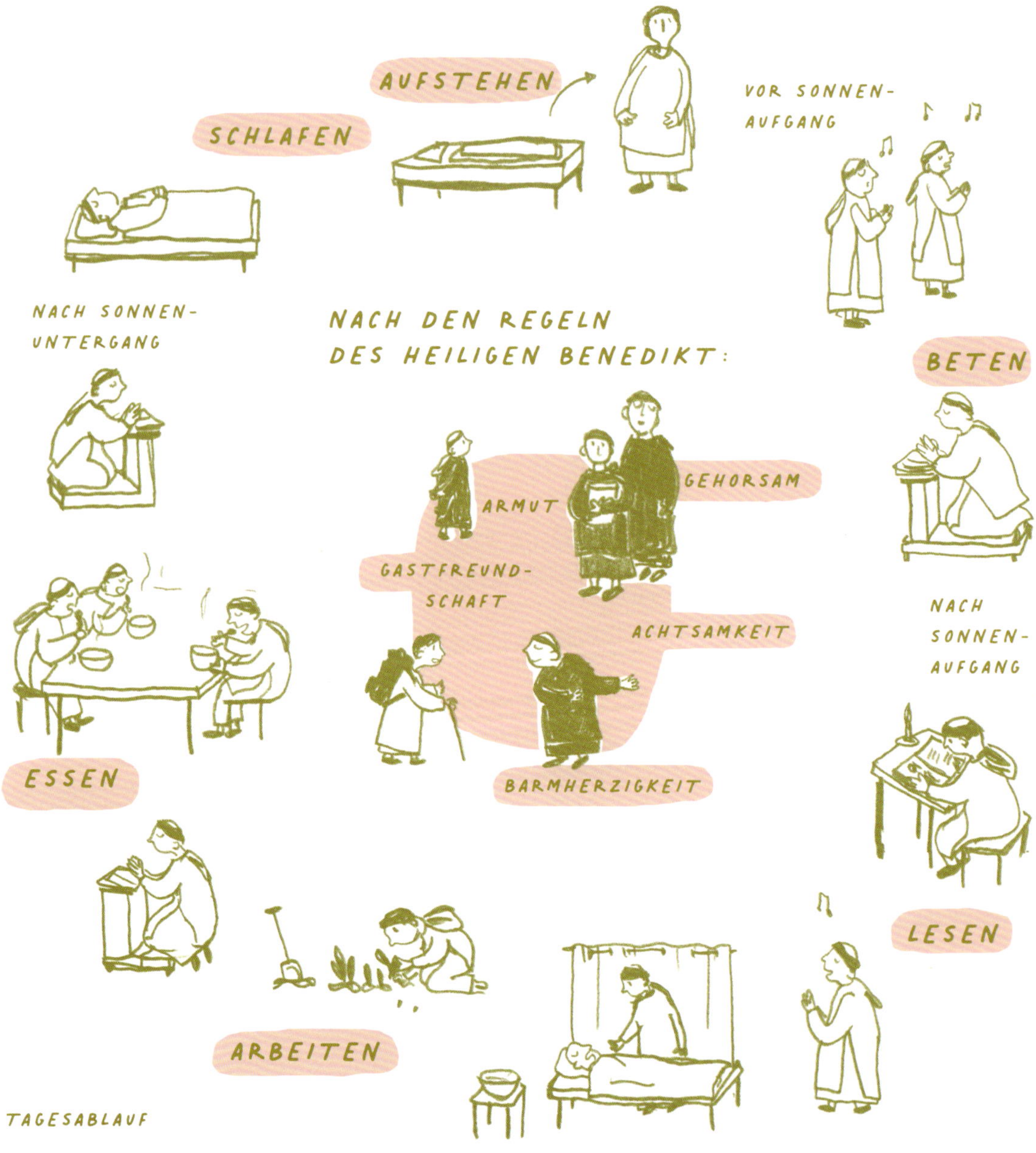

TAGESABLAUF

abgeklopft, vielleicht wäre da der Eingang, wenn es irgendwo ein bisschen hohl klingt. Nichts. Wenn ich nur wüsste, wo ich das gelesen habe. Vielleicht war es gar nicht die Kirche? Ganz woanders, hm. Becci kam zwei oder drei Tage später mit einem ziemlich alten Buch und las uns einen Bericht vor, der sich um die Erforschung des Geheimgangs von der Kirche hier oben bis nach unten zum Kloster in der Stadt drehte.

»Aber dann müsste es ja ein richtiges unterirdisches Treppenhaus sein«, meinte Chris, »das müssten ja dann mindestens tausend Stufen sein.«

Wir fingen zu spinnen an, was es alles in dem Geheimgang gibt oder was wir da alles finden. Münzen, Gold, Ritterrüstungen, Knochen.

»Ih, Knochen!« Chris schüttelte sich.

»Ja, von verhungerten Leuten, die es nicht mehr geschafft haben, bis hier hoch zu kommen, und Geister, hui, hui.« Amira hatte ihren Pulli über den Kopf gezogen und tanzte wie wild herum. »Hui, ich bin das kleine Nachtgespenst, ich komme, wenn du pennst«, rief sie mit krächzender Stimme. Und machte Chris ein bisschen Angst dabei.

Wir saßen auf dem Ast, wippten und warteten auf Marijke. Marijke kommt fast immer zu spät, entweder weil sie noch irgendwas am Bauen ist oder weil sie noch jemand getroffen hat.

Heute wollen wir in den verwilderten Garten unten an der Straßenkreuzung gehen und da den Eingang suchen. Das wäre ganz früher der Klostergarten gewesen. Und von da könnte der Gang ja auch losgehen. Plötzlich hörten wir ein seltsames Geräusch. Es hörte sich an wie ein stotternder Bagger oder ein ganz langsamer quietschender Güterzug. Es wurde immer lauter. Da düste direkt unter dem Ast, auf dem wir saßen, ein komisches Fahrzeug oder so. Es sah irgendwie wie ein Auspuff auf Rädern aus. Was ist denn das? Wir hüpften vom Ast. Das seltsame Gefährt umrundete uns, ratternd und stotternd. Und blieb stehen. Da tauchte Marijke auf.

»'Tschuldigung, ich musste noch Julius fertig machen.«

»Julius?«, fragte ich.

»Das ist Julius, meine neueste Erfindung!«, meinte Marijke stolz. »Er ist eigentlich ein Roboter.« Dann zeigte sie uns alles. »Das hier ist der Auspuff vom Moped und das hier sind die Räder vom Spielzeugbagger und das der Motor

KLOSTERGARTEN

HIER WERDEN KRÄUTER, BLUMEN
GEMÜSE UND OBST ANGEBAUT ...

... PFLANZEN- UND HEILKUNDE
UNTERRICHTET.

AUSSERDEM IST DER GARTEN DA,
UM SICH AN IHM ZU ERFREUEN,
DORT RUHE ZU FINDEN ...

... UND RELIGIÖSEN
BETRACHTUNGEN
NACHZUGEHEN.

DER KLOSTERGARTEN IST TEIL DES KLOSTERS.

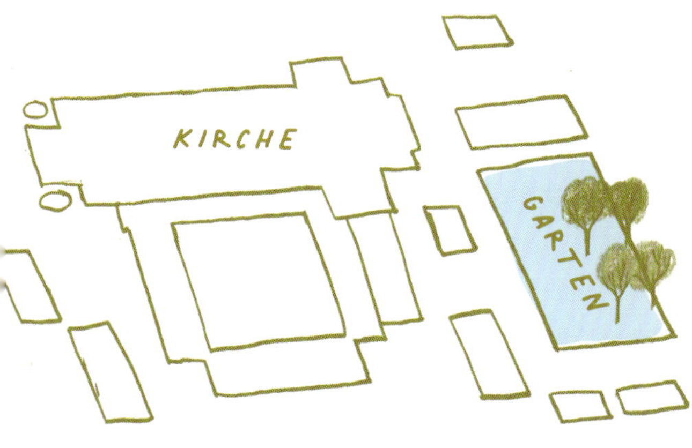

NEBEN DER KIRCHE IM ZENTRUM
GIBT ES IN DER KLOSTERANLAGE:
SCHLAFRÄUME, KÜCHE,
KRANKENSTUBE, SCHULE,
BIBLIOTHEK, REFEKTORIUM
(SPEISESAAL), HERBERGE,
FRIEDHOF USW.

von der Nähmaschine und das da und das da.« Marijke ist schon Wahnsinn. Sie schraubt und lötet und klebt die seltsamsten Gefährte zusammen. Sie ist unheimlich geschickt. Dann zeigte sie uns ihr altes Handy im Auspuff.

»Da ist ein Loch und da schaut die Kamera vom Handy durch. Ich kann Julius mit meinem Handy steuern und wenn ich die Kamera einschalte, seh' ich alles hier auf meinem Display!« Dann zeigte sie uns die Aufnahmen, die die Kamera gemacht hatte, als das Gefährt hierher fuhr.

»Wozu brauchst du das, wenn wir den Geheimgang suchen?«, fragte Amira.

»Na, das ist doch klar, wenn wir ihn gefunden haben, fährt erst Julius hinein und erkundet alles. Ist ja gefährlich in Geheimgängen. Räuber, Geister, Ungeheuer, Steinschlag und so. Ich kann ihn ganz genau steuern. Fährt auch Treppen hoch!« Marijke erzählte so schnell, dass wir kaum mitkamen. Dann zeigte sie uns, was ihr Julius alles kann. Das war ein megaklasse Gefährt.

»Los geht's, ab in den geheimnisvollen Garten!«

Jetzt mussten wir nur noch den Eingang finden! Aber leider auch im Klostergarten Fehlanzeige. Das Einzige, was wir fanden, Unmengen von Äpfeln! Und Marijke entdeckte im halbverfallenen Schuppen rostige Teile.

»Die kann ich gut für meine Rakete oder mein U-Boot oder sonst für was gebrauchen«, rief sie.

Ich konnte heute Nacht nicht schlafen. Vielleicht, weil wir den Eingang zum Geheimgang immer noch nicht gefunden haben. Vielleicht, keine Ahnung. Ich glaube eher, weil ich plötzlich Schreie gehört habe. Erst hab' ich gedacht, es wäre eine Katze, hat furchtbar geklungen, bisschen auch wie ein weinendes Kind. Ich hab' mein Kopfkissen auf mein Ohr gelegt und bin eingeschlafen. Ich hab' was Komisches geträumt. Es war alles überschwemmt und wir saßen in einem U-Boot aus Holz und Marijke hat es gesteuert, irgendwie bekamen wir schlecht Luft. Da habe ich gesehen, dass ein Rabe auf dem Luftrohr saß. Ich wollte ihn wegscheuchen, da hat er wie ein Kind geschrien. Davon bin ich wach geworden. Wieder diese Schreie! Als wir am Morgen von Papa geweckt wurden, hat es ziemlich heftig geregnet. Ich hab' Papa gefragt, ob er auch diese Schreie heute Nacht gehört hat. Er hat den Kopf geschüttelt. »Hast was geträumt, war's ein schlimmer Traum, meine Große?«

Es ist so schön, wenn Papa zu mir »Große« sagt. Zu Amira sagt er »Fee«.

Ich hab' Papa und Amira beim Frühstück meinen Traum erzählt. Und auch von den Schreien.

Dann sind wir zu Becci geradelt, hier treffen wir uns immer, bevor wir in unser Geheimversteck gehen. Natürlich weil es da auch Pfannkuchen gibt. Becci hat angerufen, dass sie alte Karten besorgt hat, die müssen wir ganz genau studieren, vielleicht ist ja was von einer Markierung oder so zu sehen, die auf einen Geheimgang hindeutet.

Ich hab' beim Pfannkuchenessen gefragt, wer die Schreie gehört hat.

»Ich hab' noch lange gelesen, da bin ich eingeschlafen, hab' nix gehört«, meinte Becci. Herr Steingraf schaute mich an.

»So, so, du hast Schreie gehört! Ist sie wieder unterwegs.«

»Wer ist unterwegs?«, fragte Amira. Und dann erzählte er von einem sehr, sehr alten steinernen Sarg, der sich in der Krypta der Kirche befindet. Hier lag einmal vor langer Zeit eine Frau drin, die war sehr heilig und hatte besondere Kräfte. Sie hieß Lioba. Irgendwann war der Sarg leer und Mütter aus dem Dorf haben da immer wieder ihre Kinder reingelegt, damit sie gesund werden oder auch besondere Kräfte bekommen. Die Kinder schrien, es war ja dunkel und

LIOBA

BEDEUTET IN GOTISCHER SPRACHE „DIE LIEBENDE".

✱ UM 700 ✝ 782

LIOBAS GRABESSTÄTTE IST DIE LIOBAKIRCHE.

IHRE GEBEINE WERDEN 838 IN EINEM STEINSARG BESTATTET ...

... UND SPÄTER WIEDER HERAUS GENOMMEN.

MÜTTER LEGEN DORT IHRE KRANKEN KINDER IN DEN LEEREN SARG, DAMIT SIE DURCH EIN WUNDER GESUND WERDEN.

LIOBA ...WIRD IN SÜDENGLAND GEBOREN.

... LERNT VIEL IN DER KLOSTERSCHULE UND WIRD NONNE.

... KOMMT MIT CA. 35 JAHREN AUF DEN KONTINENT, INS FRÄNKISCHE REICH.

... LEITET ALS ÄBTISSIN FRAUENKLÖSTER, UNTERRICHTET DORT UND SORGT FÜR BILDUNG VON MÄDCHEN UND FRAUEN.

... IST RATGEBERIN DER MÄCHTIGEN DES REICHES.

... WIRD ALS HEILIGE VEREHRT, WEIL MAN GLAUBT, DASS DURCH SIE WUNDER GESCHEHEN.

kalt da unten. Anscheinend ist dort ein Kind gestorben und jetzt irrt seine Seele in der Krypta herum.

»Das ist ja sonderbar, Kinder in einen Steinsarg zu legen«, meinte ich.

»Ja, da hast du recht, Hatice, aber früher hat man solche Sachen gemacht, da hat man an diese Dinge geglaubt. Mit dem Pfarrer haben wir schon mehrere Male versucht, die Seele zu beruhigen. Eine Zeit lang war Ruhe, aber jetzt irrt sie anscheinend wieder herum. Arme Kinderseele. Man muss ihr helfen. Hm, nur wie?«

Als wir dann zu unserem Geheimversteck gingen und auf unseren Dachziegeln saßen, war klar: Das Suchen nach dem Geheimgang zurückstellen, die Kinderseele ist wichtiger! Alle stimmten zu.

Wir sind gleich zur Stadtbücherei geradelt und haben die Bibliothekarin gefragt, wo denn die Bücher über Seelenwanderungen und Seelenerlösungen stehen würden.

»Wollt ihr ›Tischerücken‹ probieren?«, meinte sie und zwinkerte uns zu. »Tut den Teppich aber weg, sonst stolpert der arme Tisch.« Sie musste über ihren eigenen Witz lachen. Bald sah unser Geheimversteck wie bei Herrn Steingraf aus. Becci hatte noch viele Seiten aus dem Internet ausgedruckt, alles lag auf dem Boden kreuz und quer durcheinander. Wir lasen uns vor und suchten nach Anleitungen zur Seelenerlösung.

»Aber wenn was Komisches passiert?«, fragte Chris ängstlich.

»Da passiert nichts, wenn wir höflich und nett zu der Seele sind. Wenn die geht, müssen wir uns bei ihr bedanken!«, meinte Amira.

Ich schaute Amira an: »Woher weißt du das denn?«

»Ach, nur so.« Amira wurde rot.

»Ach, komm' schon!«, bettelte jetzt Becci.

»Erst gackern und dann kein Ei legen.«

»Na gut!« Amira schaute uns an, so einen Blick kenn' ich von ihr, den hat sie drauf, wenn sie ganz ernst wird.

»Ich spreche immer wieder mit der Seele von Mama. Sie kommt immer wieder zu mir ans Bett und setzt sich ans Fußende. Ich frag' sie und sie antwortet. Das ist schön, ich hab' keine Angst. Wenn Mama kommt, wird es richtig warm. Ich bin froh, dass sie immer kommt. Sie will aber bald nicht mehr kommen, sie sagt, sie will mich dann loslassen, um ruhig schlafen zu können.«

»Schlafen denn Seelen?«, fragte Chris.

»Na klar, so wie du und ich auch. Deshalb müssen wir

schauen, dass die Seele aus dem Sarg wieder schläft. Denn es ist ganz schön anstrengend, immer herumzugeistern. Das hat mir Mama erzählt.« In dem Moment schlugen die Glocken dreimal. Wir schauten uns an, Zufall?

»Vielleicht Mama«, meinte Amira und blickte zu den Glocken.

Amira hatte die Augen geschlossen, dann atmete sie tief durch und erklärte uns das Erlösungsritual. Sie stellte ein Glas auf ein Stück Papier, schrieb Zahlen und die Worte »ja« und »nein« drauf. Dann bat sie uns, unseren Zeigefinger auf das Glas zu legen und zu warten. Amira murmelte etwas vor sich hin, sie wiederholte es immer wieder. Dann mussten wir mitmurmeln. Da plötzlich bewegte sich das Glas ein bisschen. Puh, mein Herz hat ganz schön geklopft! Becci saß mit geschlossenen Augen ganz konzentriert da. Amira begann, der Seele Fragen zu stellen. Ganz ruhig hat sie gesprochen. Nach jeder Frage rückte das Glas auf dem Papier nach »ja« oder »nein«. Dann holte Amira aus ihrer Hosentasche einen kleinen Bergkristall und legte ihn zu dem Glas.

»Für dich«, meinte sie leise und schloss ihre Augen. »Damit du gut schlafen kannst.« Der Stein hat sich, glaub' ich, ein bisschen verfärbt, er ist leicht rosa geworden. Amira bedankte sich bei der Seele. Nach einer kurzen Zeit meinte sie zu uns: »Wir müssen jetzt den Raum verlassen, sie will gehen. Kommt!« Wir stiegen schweigend die Treppe hinunter und setzten uns auf die Kirchhofmauer. Amira blickte hoch zum Kirchturm.

»Jetzt kann sie gehen und schlafen.« Sie nickte zufrieden. Ich habe ihre Hand genommen und sie sanft gedrückt. Wir haben uns in die Augen geschaut. Amira weinte. Tränen liefen über ihr Gesicht. Ich nahm sie in meine Arme.

Ich glaube, wir haben ziemlich lange auf der Mauer gesessen. Wir haben nichts mehr gemacht. Wir waren alle vollkommen erschöpft und müde. Und schweigsam.

»Das ist normal«, meinte meine Schwester. »Um mit einer Seele zu sprechen, braucht es viel Energie.«

Wir nahmen uns alle in die Arme und winkten zum Kirchturm hoch.

»Schlaf' gut!«, flüsterten wir und gingen auseinander.

Amira und ich sind ziemlich bald ins Bett gegangen. Papa hat sich gewundert, weil wir eigentlich richtige Nachteulen sind.

LIOBAKIRCHE

UM 838 ERBAUT

KAROLINGISCHE ARCHITEKTUR: TYPISCH
DAFÜR SIND HOHE MAUERN UND RUNDBÖGEN.

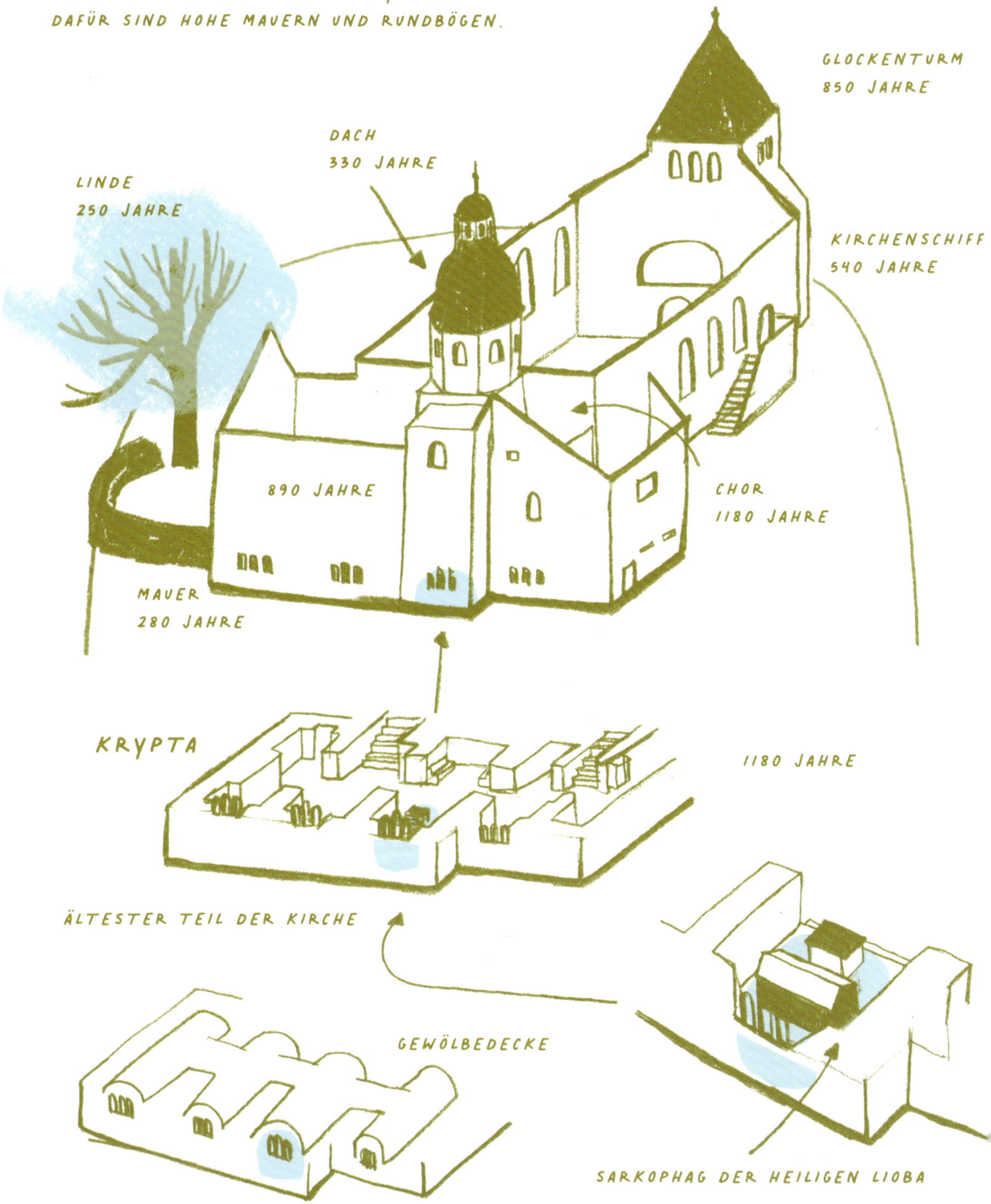

Ich habe wunderbar geschlafen. Kein Schreien, kein komischer Traum. Ich erzählte es den anderen.

„Abwarten!", meinte Amira. „Vielleicht sollten wir noch einmal mit ihr reden. Ob alles gut ist bei ihr und ob sie beruhigt ist.«

Wir schauten uns an.

»Echt, nochmal?«, fragte Chris. Amira gab keine Antwort, ihr Blick war so intensiv, so klar und deutlich, dass es keine Antwort brauchte.

Drei Tage später haben wir das Ritual wiederholt. Die Seele verabschiedete sich und wir uns von ihr. Es gibt schon seltsame schöne Dinge, an die man einfach nur glauben kann. Denn als wir aus der Liobakirche ins Freie traten, donnerte es plötzlich ein paarmal und über der Kirche hingen tiefdunkle Wolken. Drumherum schien die Sonne am blauen Himmel und ein heftiger Wind wehte.

»Deine Augen sind so blau wie der Himmel«, flüsterte ich Amira ins Ohr.

»Jetzt ist sie gegangen«, meinte sie und blickte den am Himmel treibenden Wolken nach.

Die nächsten Tage waren sehr ruhig, wir waren alle noch voll von den Eindrücken des Erlebten. Chris war so klasse, er hat jeden Tag etwas Selbstgekochtes mitgebracht. Hat immer total lecker geschmeckt, hm, naja, fast. Manchmal war es ein bisschen fad, so ungewürzt. Ich hab' von zu Hause Salz und Pfeffer mitgebracht. Die ganze Zeit hat es geregnet. Schon seit mindestens vier Tagen. Wir saßen im Geheimversteck und hörten dem Regen zu, wie er aufs Kirchendach prasselte. Wir haben Spiele gemacht und »Arche Noah« gespielt. Jeder musste einmal ein Tier sein. Das war vielleicht ein schöner Blödsinn! Becci hat ihr Saxophon mitgebracht und wir haben ein Lied gedichtet, das »Dachziegelbandenlied«. Ziemlich schräg! Wir haben es ganz laut gesungen, naja, eher geschrien haben wir. Weil es gar so laut war, wie der Regen auf das Dach prasselte.

KAPITEL 4

In letzter Zeit träume ich recht viel und auch recht seltsam. Letztens, vielleicht vor drei oder vier Tagen, träumte ich, dass ich ein Junge wäre, ich habe in einem Garten gearbeitet, so eine Art Gärtnerei. Alles war irgendwie kaputt oder verfallen. Und immer fielen Äpfel auf den Boden, obwohl ich keine Apfelbäume gesehen habe. Plötzlich ist ein Mann, wahrscheinlich ein Mönch, durch ein Eingangstor gekommen, der hatte einen Raben auf der Schulter. Mönch deshalb, weil er so eine Mönchskutte mit einer weißen Schnur als Gürtel trug. Er hat mich angeschaut und mir etwas zugerufen. Hab' ich aber nicht verstanden. Dann ist er verschwunden. Und da, wo er gestanden hatte, lagen Apfelkerne, ganz viele. Seltsamer Traum.

Ich hab' den Traum meiner Schwester erzählt, die hat ihn Becci erzählt und Becci hat's ihrem Papa erzählt. So wie stille Post. Auf jeden Fall hat mich Beccis Papa auf den Traum angesprochen, ich hab' ihn ihm ganz genau erzählen müssen.

»Das hört sich an, wie wenn im Traum dir der Rabanus Maurus erscheint oder auf jeden Fall in deinem Traum vorkommt. Hast du schon einmal von dem Mann geträumt?« Ich dachte nach.

»Ja, ich glaube schon, kann mich aber nicht mehr erinnern.«

»Du weißt, wer Rabanus Maurus war?«, fragte er. Ich nickte und trotzdem erzählte er mir das Leben des Mönches. Der war ja ganz schön gescheit, dachte ich mir. Und er konnte Latein, so wie ich. Dass ich in dem Traum ein Junge war, finde ich gut.

Am Samstag waren wir mit Papa auf dem Markt, das ist immer ganz arg schön, weil wir dort immer Dampfnudeln mit Vanillesoße essen. Wir dürfen so viele Dampfnudeln essen, wie wir wollen. »Aber nicht platzen!«, meint dann Papa immer. »Die Sauerei macht ihr weg!«

RABANUS MAURUS

* UM 780 † 856

HRABAN BEDEUTET IN ALTHOCHDEUTSCHER SPRACHE „DER RABE".

MIT 8 JAHREN KOMMT ER NACH FULDA IN DIE KLOSTERSCHULE.

SPÄTER GEHT ER IN DIE HOFSCHULE NACH AACHEN.

DER GROSSE GELEHRTE ALKUIN IST SEIN LEHRER.

ER LERNT LESEN SCHREIBEN 2+5 RECHNEN Aa GRAMMATIK MUSIK REDEKUNST GESPRÄCHSFÜHRUNG GEOMETRIE ASTRONOMIE

UND VERTIEFT SEIN WISSEN ÜBER RELIGION.

ALS MAGISTER UNTERRICHTET ER DIE SCHÜLER IN FULDA. ER IST EIN GUTER UND GÜTIGER LEHRER.

SCHÜLER AUS ANDEREN KLÖSTERN WERDEN VON WEIT HER ZU IHM GESCHICKT.

→

822 WIRD RABAN ABT
DES KLOSTERS FULDA, ER ...

... LÄSST VIELE BÜCHER
SCHREIBEN UND ABSCHREIBEN.

... FÖRDERT DIE WISSENSCHAFT
ALS TEIL DER AUSBILDUNG.

... SORGT FÜR AUSTAUSCH MIT ANDEREN
KLÖSTERN UND DEREN BIBLIOTHEKEN.

... LÄSST VIELE KAPELLEN
UND KIRCHEN BAUEN.

... UND SORGT FÜR ARME UND HUNGERNDE.

UM 838 LÄSST RABAN
DAS BERGKLOSTER MIT
DER LIOBAKIRCHE BAUEN.

HIER LEBT ER 5 JAHRE
IN ABGESCHIEDENHEIT, LIEST
UND SCHREIBT VIEL UND
VERFASST 22 LEXIKONBÄNDE
ÜBER DAS WISSEN SEINER ZEIT.

847 ÜBERNIMMT ER DAS AMT
DES ERZBISCHOFS IN MAINZ.

Meistens treffen wir dann beim Einkaufen noch Becci mit ihren Eltern. Becci isst nämlich auch so gerne Dampfnudeln wie ich. Wir machen dann Dampfnudelwettessen. Papa schlürft nur die Vanillesoße. »Macht schlau«, sagt er dann und schaut ganz schlau.

Wir waren gerade am Dampfnudelessen, da kam unser Lateinlehrer mit seiner Mutter vorbei. Sie am Rollator und er mit einem eleganten Spazierstöckchen. Er ist schon ein bisschen komisch, aber ich mag ihn irgendwie. Er spricht mit seiner Mutter nur Latein. Ich glaube, er wohnt auch bei seiner Mutter, das hat er einmal erzählt. Als er mich erblickte, rief er mir zu: »Wie geht es unseren Circuskindern? Esst nicht zu viel, sonst fallt ihr vom Hochseil, hihi.« Hat er mir in Latein zugerufen. Und ist weiterspaziert in seinem braunen Cordanzug. Er sieht echt wie ein Römer aus. Besonders sein Haarschnitt. Wir sagen immer Topfhaarschnitt dazu, Topf auf den Kopf und dann drumrum geschnitten.

Gott sei Dank bin ich gut in Latein! Latein macht mir Spaß. Da bin ich richtig gut. In den anderen Fächern so lala. Bei Amira ist's umgekehrt. Ich muss sie in Latein immer abschreiben lassen, da blickt sie überhaupt nicht

LATEIN

VOR 1200 JAHREN GIBT ES VIELE UNTERSCHIEDLICHE SPRACHEN UND DIALEKTE IM FRANKENREICH.

UM DIE VERSTÄNDIGUNG IM REICH ZU ERLEICHTERN ...

... WIRD LATEIN ZUR GEMEINSAMEN SPRACHE UND SCHRIFT.

DIES GILT IN MITTELEUROPA FÜR VERWALTUNG, RELIGION UND WISSENSCHAFT.

ARS = KUNST
LIBERAL = FREI
= FREIE KÜNSTE

DIE LATEINISCHE SPRACHE ...

... IST SCHON SEIT 2700 JAHREN IN DER GEGEND UM ROM ÜBLICH.

... WIRD VOR 2100 JAHREN AMTSSPRACHE IM RÖMISCH GROSSREICH.

... BEEINFLUSST DIE ENTSTEHUNG DER HEUTIGE SPRACHEN IN EUROPA.

DIE LATEINISCHE SCHRIFT ...

... ENTSTEHT VOR CA. 2700 JAHREN.

V ... HAT 23 GROSSBUCHSTABEN.

u ... WIRD SEIT 1230 JAHREN AUCH MIT KLEINEN BUCHSTABEN GESCHRIEBEN.

Su ... IST DER URSPRUNG DER HEUTIGEN SCHRIFT.

MAJUSKEL = GROSSBUCHSTABE

SVPER

ruper

MINUSKEL = KLEINBUCHSTABE

durch. Macht nichts, dafür ist sie in den anderen Fächern gut und sie lässt mich dann da abschreiben.

Letztens hab' ich ein Gedicht in Latein geschrieben und hab' dem Lehrer das gezeigt. Da hat er ganz schön gestaunt. Seitdem bringt er mir immer wieder Gedichtbände mit.

Wir waren noch eine Zeit lang auf dem Markt, Markt finden wir einfach toll. Es riecht auch immer so gut. Und bunt ist es auch. Und die Leute lächeln mehr und haben mehr gute Laune als sonst. Das sind bestimmt die Farben und die Vitamine, die in der Luft herumfliegen, sag' ich mir immer. Papa kauft, bevor wir gehen, immer einen Blumenstrauß für Mama. Der steht dann auf'm Wohnzimmertisch und leuchtet so schön, weil wir immer die buntesten Blumen für den Strauß raussuchen.

Gerade als wir uns am Stand mit den Pommes anstellten, klingelte Beccis Handy. Es war Marijke, wo wir denn sind?

»Auf'm Markt«, hörten wir Becci sagen. Dann: »Oh, Mist, das tut mir ganz arg leid.«

»Was ist passiert?«, fragte ich.

»Ich hab' vergessen, Marijke zu sagen, dass wir uns erst am Nachmittag treffen!«, meinte Becci.

»Oh, das ist doof, komm, wir bringen ihr was mit!«, sagte ich. Die Pommes haben wir ziemlich schnell gegessen, naja, eigentlich verschlungen haben wir sie, weil Becci noch meinte, Marijke würde mit Chris bei ihnen im Garten sitzen und auf uns warten. Wir haben eine ganz große Melone gekauft und sind los.

Im Garten saßen Marijke und Chris und Marijke hielt was in den Händen, das wie ein zerdrückter Fußball oder so aussah. Marijke hielt das Ding in die Höhe und zeigte mit dem Finger dahin und dorthin. Chris saß staunend daneben. Da sah er uns und sprang auf. »Kommt schnell, Marijke hat ein U-Boot erfunden!«, rief er ganz aufgeregt. Marijke strahlte uns an, Gott sei Dank waren sie und Chris nicht sauer! Sie zeigte uns ihr U-Boot. Es war ganz aus Holz gebaut und mit Blech und Leder beschlagen. Absolut wasserdicht. Das U-Boot konnte man öffnen und drin lag eine kleine Kamera.

»Wo hast du die denn her?«, fragte ich.

»Ach, vom Nachbarn, braucht sie nicht mehr, um sein Haus zu bewachen. Bei dem ist eingebrochen worden, trotz Kamera. Jetzt hat er einen Hund und ich habe die Kamera!«

Sie erklärte uns alles, wie das U-Boot aufgebaut war, was es alles kann und so.

»Da gewinnst du bestimmt mal einen Preis! Willst du es hier mal ausprobieren?«, fragte Becci und zeigte auf den Goldfischteich.

»Oh ja, das wäre super, hab's bis jetzt nur in der Badewanne getestet«, meinte Marijke begeistert. Die Testfahrt wurde gestartet. Wir standen alle um den Goldfischteich, sogar Papa und Mama von Becci. Marijke hielt ihr Handy in der Hand und tippte und wischte auf dem Display. Da, es tuckerte los und die ersten Bilder waren zu sehen. Goldfische und Wasserpflanzen. Richtige Unterwasserbilder. Richtig tolle Bilder von den Schuppen der Goldfische bekamen wir zu sehen. Wir hätten bestimmt noch stundenlang so schauen können und quatschen und lachen, wenn es nicht plötzlich angefangen hätte zu regnen.

»Ich bring' euch heim«, meinte Beccis Papa. Aber Marijke meinte nur, während sie ihr U-Boot einpackte: »Nicht nötig, bin mit dem Rad da! Tschüss bis morgen, und mich nicht wieder vergessen, ja!« Das rief sie und weg war sie. Aber Amira, Chris und ich wurden heimgefahren. Zuerst brachten wir Chris heim.

Als wir bei uns in die Hofeinfahrt fuhren, stand da ein kleiner grüner Mini. Hm, der kam mir so bekannt vor, den

kenn' ich doch! Genau, das ist der Mini von Chris' Mama. Was macht die denn hier?

Beide saßen im Wohnzimmer, als wir reinkamen.

»Frau Schlämmle hat uns eine super schöne Obstschale gebracht, da schaut mal!«, meinte Papa und strahlte.

»Ja, ich war gerade unterwegs und da dachte ich, ich schau mal auf einen Sprung rein!«, sagte Chris' Mama.

»So, so«, murmelte Amira und ging ziemlich rasch aus dem Wohnzimmer. Ich bin ihr nach.

»So, so, bin zufällig vorbeigekommen. Ha, ha, hast du Papa gesehen, wie der gestrahlt hat?«, meinte Amira und ließ sich aufs Bett fallen.

»So hat er schon lange nicht mehr gestrahlt«, sagte ich. Dann haben wir auf dem Handy irgendeinen Film angeschaut. War ein Liebesfilm, den haben wir bald ausgemacht.

»Sowas Langweiliges, Liebesfilm.«

KAPITEL 5

Am nächsten Tag sind wir weggefahren, Papa meinte: »Überraschung!« Es war eine ziemlich lange Fahrt. Ich glaube, wir sind beide eingeschlafen. Wir können nämlich wunderbar im Auto schlafen!

»Aufwachen!«, rief Papa, wir machten unsere Augen auf, wir standen mit dem Auto vor einem Circuszelt. Ein großes buntes Circuszelt. Wir konnten es nicht glauben. Circus! Jetzt, beim Anblick des Circuszeltes und der Wagen, merkte ich, wie sehr ich das vermisst habe. Die Farben, den Duft, alles. Ich hab' weinen müssen und hab' mich an Papa gedrückt.

»Du bist der beste Papa der Welt«, flüsterte ich. Amira stand ein bisschen abseits. Ich hab' gesehen, dass sie auch weinte. Ganz leise hat Papa gesagt: »Der Circus ist für Mama.« Obwohl Amira ein bisschen weg stand, hat sie es gehört und ist zu uns gekommen, Papa hat uns beide ganz fest gedrückt.

»Ich hab' euch ganz arg lieb«, meinte er. »Ihr seid die besten Töchter der Welt.«

Dann sind wir zum Zelt gelaufen, mein Herz hat ganz schön heftig geklopft. Im Vorzelt wurden wir vom Circusdirektor und einigen Artisten total herzlich begrüßt und zu unseren Plätzen geführt. Papa winkte noch überall hin. Er kannte hier jeden.

»Woher kennst du die alle?«, fragte Amira.

»Von früher, ganz früher, in dem Circus habe ich Mama kennengelernt.« Dann spielte die Musik und die Vorstellung begann. Papa drückte sich an uns, ich sah, dass er weinte. Das war bestimmt eine riesen Überwindung, mit uns in den Circus zu gehen. Seit Mama gestorben war, sind wir nie wieder im Circus gewesen!

Es war eine der schönsten Circusvorstellungen, die ich je gesehen habe. Amira hat mir später erzählt, dass sie Mama neben sich gespürt hat. Für uns beide war ganz klar, dass wir wieder zum Circus wollen. Mit Papa natürlich. Nach der

Vorstellung saßen wir mit den Artisten noch zusammen. Das war ganz wunderbar. Der Mond schien, das Lagerfeuer hat geknistert und es gab Honigwein. Papa erlaubte uns, davon zu trinken. Jede von uns bekam ein Minigläschen mit Honigwein.

»Zur Feier des Tages«, Papa prostete uns zu. »Auf Mama!«

Zuhause schauten wir alte Fotos aus dem Circus an. Mama auf dem Schlappseil mit ihrer Prinzessinnennummer. Und da die legendäre Taubennummer, 27 Tauben, weiße und schwarze, auf einer auf dem Kopf von Mama balancierten Leiter.

Wir beschlossen, wieder unsere Akrobatiknummern zu üben. Um dann vielleicht auf dem Weihnachtsmarkt aufzutreten. Schon am nächsten Tag übten wir, das war ganz schön schwierig und Amira und ich waren ganz schön steif. Wir übten und trainierten jeden Tag und vernachlässigten unsere Bande. Am Samstag trafen wir uns alle wieder in unserem Versteck. Wir erzählten vom Circus und zeigten eine kleine Akrobatiknummer. Ich machte gerade meinen Handstand auf Amiras Knien, als ich plötzlich auf dem Treppenabsatz den Mann mit einem Raben sah, das war der Mann

aus meinem Traum. Ich schluckte. Er stand da und schaute mir in die Augen. Ich bin wieder auf meine Beine gehüpft und hab' gesagt: »Ich muss mal.« Ich bin dem Mann gefolgt. Er war schon ganz weit unten, blickte sich aber immer wieder um.

»Wo willst du denn aufs Klo?«, fragte Chris. Ich machte nur eine Handbewegung, die ich immer mache, wenn ich nix sagen will oder kann. Der Mann, oder war es ein älterer Junge, ich konnte es nicht genau sehen, er hatte eine Kapuze auf, er trug wieder ein schwarzes Gewand mit der Schnur um den Bauch. Der Rabe saß regungslos auf seiner Schulter. Er sah genauso aus wie der Mann in meinem Traum, als er an der Tür zum Garten gestanden hat. Er lief ganz langsam durch das Kirchenschiff, dann hinunter in die Krypta. In der Mitte der Krypta blieb er stehen, blickte nach oben zur Decke. Er stand direkt unter einem gemalten Engel. Der Mann oder Mönch drehte sich zu mir um, dann wieder hoch zu dem Engel. Ich blickte auch zu dem Engel. Ich wollte gerade nach dem Mann schauen, da war er weg, verschwunden. Ich schaute mir die Wandmalerei an. Engel, Figuren, Gesichter, Gewandfalten. Ihre Blicke, ihre Hände. Da entdeckte ich bei dem Engel, wo der Mönch gestanden hatte, zu seinem rechten Fuß einen blauen Fleck. Es sah aus, als ob der Engel mit seinem Fuß an einem See stehen würde. Ich konnte meinen Blick nicht mehr von dem blauen Fleck abwenden.

Ganz leise kamen Amira, Becci, Chris und Marijke die Treppe zur Krypta runter.

»Alles gut bei dir?«, fragte mich meine Schwester.

»Wolltest du hier aufs Klo?«, meinte lachend Marijke.

»Nee, nee, ich bin nur von dem Engel da fasziniert, sieht aus, als ob es ein See wäre«, meinte ich.

»Das ist ein See, das ist der Gundwaldsee«, stieß Marijke hervor.

»Stimmt, da waren wir mal baden«, fügte Becci hinzu.

»Da gehen wir morgen hin und baden!«, meinte Chris.

In meinem Kopf ging alles durcheinander. Kam mir vor wie ein Bergrutsch mit lauter Fragen. Warum zeigt mir der Mönch den Engel mit dem See? Was war das für ein Garten, letztens im Traum? Wer ist der Mönch? Warum erscheint er mir? Was will er mir sagen? Oder bin ich vielleicht nur ein bisschen komisch im Kopf? Der Mönch, der mir da immer wieder erscheint, sieht dem Mönch bei uns an der Wand im Foyer der Schule sehr ähnlich. Aber das gibt es nicht, dass

Figuren aus ihren Bildern steigen, hm, höchstens in so mystischen Büchern und Geschichten. Ich muss mir mal das Bild in der Schule genauer anschauen.

KAPITEL 6

Am nächsten Tag radelten wir zum Gundwaldsee. Ganz still lag der See vor uns. »Ob wir wohl baden können?«, fragte Chris, zog die Schuhe aus und steckte seinen Fuß ins Wasser. Da sah ich, dass Chris türkisfarbene Fußnägel hatte. Erschrocken merkte er, dass ich es gesehen hatte, wurde rot und bohrte seinen Fuß in den Schlamm.

»Uh, ist das kalt«, sagte er leicht bibbernd.

»Kannst deinen Fuß ruhig aus dem See nehmen, mir gefallen türkisfarbene Fußnägel, ist nämlich meine Lieblingsfarbe! Schau, ich hab' auch welche!«, sagte ich und zog meine Schuhe aus. Dann zeigten wir alle unsere Fußnägel. Wir unterhielten uns, die Füße im Wasser planschend, über Fußnagelfarben, Fingernagelfarben und Lippenstift.

»So, genug gefußnagelt und gelippenstiftet, jetzt wird geubootet!«, meinte Marijke, stand auf und holte ihr U-Boot aus der Tasche. Sie öffnete es, zog aus ihrer Jackentasche einen Schraubenzieher, drehte an winzigen Schrauben, schaltete die Kamera ein und verschloss es wieder. Sicherheitshalber klebte sie drumherum noch Paketklebeband, das sie auch aus ihrer Jackentasche nahm, genauso wie eine Schere und eine Radioantenne. Sie drehte diese in ein Loch.

»So, ihr Lieben, seid ihr bereit?«, murmelte sie vor sich hin. »Mach's gut und nicht absaufen, ja?!« Wir sahen zu, wie sie ihr U-Boot ins Wasser ließ. Wir drückten die Daumen. Im Goldfischteich hatte es ja schon gut funktioniert. Hoffentlich hier jetzt auch!

Marijke holte ihr Handy, wischte und tippte und steckte sich einen Kaugummi in den Mund. Dann blickte sie uns an.

»Wollt ihr auch?« Wir nickten und Marijke nahm aus ihrer Jackentasche vier knallrote Kaugummikugeln. Was sie alles in ihrer Jackentasche hat, Wahnsinn! Mal sehen, was sie sonst noch hervorholt!

Das U-Boot tuckerte los. Dann versank es ganz langsam im See und war verschwunden. Sie zeigte uns das Display, wir sahen Fische, Unterwasserbilder, Pflanzen, Steine. Das U-Boot fuhr leicht über dem Seeboden, umschiffte einen Autoreifen, dann ein Fahrrad. Ich schüttelte meinen Kopf, ich versteh' nicht, warum die Leute ihren Müll im See entsorgen, das ist doch nicht ihr See. Ich find' das ziemlich rücksichtslos.

Marijke war in ihrem Element und wir starrten auf das Display.

»Warte mal, stop!« Becci zeigte ganz schnell auf das Bild.

»Was ist?«, fragte Marijke.

»Da schau, ein uralter Krug, fahr' mal näher ran, das ist ein richtig alter Krug, genau so einen hab' ich letztens in einem Buch von Papa gesehen. Genau die gleichen Muster!«, meinte Becci.

»Ok!« Marijke steuerte ihr U-Boot ganz nah an den Krug, ließ es etwas aufsteigen und wir konnten einen Blick in den Krug erhaschen. Was wir sahen, verschlug uns die Sprache.

»Das, das ist ein Schatz«, flüsterte Chris fast andächtig. Marijke ließ ihr U-Boot um den Krug kreisen, immer näher. Wir konnten immer besser in den Krug sehen, im Krug waren Münzen, zum Teil waren sie mit einem dunklen Lederfetzen oder etwas Ähnlichem verdeckt.

»Wir haben einen Schatz gefunden«, meinte Chris noch einmal.

»Einen richtigen Schatz, wau!«

»Der muss geborgen werden, wir müssen ihn holen!«, sagte Amira. »Ich tauche und bringe ihn, ja?«

»Ganz bestimmt, du schwimmst nach draußen, tauchst und kommst wieder, ganz einfach«, meinte Becci.

»Warum nicht?«, fragte Amira.

»Hm«, meinte ich, »wir entdecken in der Krypta einen Engel, der an einem See steht, ganz eindeutig der Gundwaldsee. Wir finden in dem See einen Schatz. Ich frag' mich, ob es einen Zusammenhang zwischen der Krypta, dem Engel und dem See gibt.« Becci schaute mich an.

»Du hast recht, es sieht sehr nach einem Zusammenhang aus, aber was für einem?« Marijke warf einen Blick auf ihre Uhr.

»Oh, ich muss heim, holen wir morgen den Schatz?«

So war es dann auch. Der nächste Tag war der Schatzbergungstag.

»Ideal, wenn wir ein Ruderboot hätten, dann könnten wir rausrudern und von dort aus tauchen«, meinte Becci. Kaum hatte sie zu Ende gesprochen, rief Amira: »Schaut da,

im Schilf, ein Boot, super!« Schnell schwamm sie hin. Die Schlinge zur Bootsbefestigung war nur um einen Pfosten gelegt. »Jetzt geht's los!« Amira war ganz Feuer und Flamme. Bevor wir irgendwas gesagt hatten, kam sie angerudert.

»Wo ist der Schatz?«, rief sie.

»Da, mehr da, vielleicht da?« So riefen wir durcheinander. Ziemlich chaotisch ging es zu, so lange, bis Marijke ganz erstaunt fragte: »Und warum hab' ich mein U-Boot dabei? Ich steuer es an die Stelle und wir dirigieren Amira, wo sie hinrudern soll.«

»Ich rudere«, meinte ich.

Marijke ließ ihr U-Boot ins Wasser. Ich stieg zu meiner Schwester ins Boot, dann ruderten wir los. Immer von Marijke dirigiert. »Rechts, weiter, geradeaus, weiter links, links hab' ich gesagt, nicht rechts, ja gut, jetzt seid ihr fast über dem Krug.«

»Alles gut bei Dir?«, fragte ich meine Schwester.

»Alles super.« Und sie sprang ins Wasser.

Ich saß im wackelnden Ruderboot. Und wartete. Und wartete. Und wurde langsam nervös. Ich schaute ins Wasser, nichts. So lange kann Amira nicht tauchen. Ich winkte den anderen, da tauchte Amiras Kopf ganz nah am Ufer auf.

Puh, mir fiel ein Stein vom Herzen. Sie war so nah am Ufer, dass sie einfach rauslaufen konnte, und hatte den Tonkrug im Arm. Und mich hatte sie einfach im Ruderboot sitzen und warten lassen! Typisch Schwester!

Wir setzten uns alle ins Gras und begutachteten den Schatz und entfernten den braunen Fetzen, es war Leder oder so etwas Ähnliches, ziemlich schlabberig und schleimig. Und darunter Münzen, der halbe Krug voll. Wir staunten.

»Die sind richtig alt«, meinte Becci.

»Die verkaufen wir und können jeden Tag Eis essen«, sagte strahlend Chris. Wir schauten uns die Münzen an, auf vielen war ein Kopf zu sehen, dann, als wir immer mehr Münzen auf unsere Decke legten, stieß Chris einen kleinen spitzen Schrei aus und zog ganz vorsichtig einen goldenen Armreif aus dem Krug. Er streifte ihn sich über und lachte: »Der steht mir, der gehört mir!«

Ich nahm Chris den Reif vom Handgelenk und hielt ihn in die Sonne. Er glitzerte und glänzte. Da sah ich plötzlich auf der anderen Seite des Sees den Mönch mit dem Raben. Ich schloss die Augen, öffnete sie, er war immer noch da. Er blickte zu mir. Er schritt sehr langsam am Ufer entlang und drehte sich immer wieder zu mir um. Er winkte. Ohne dass ich es wollte, winkte ich auch. Mit dem Armreif in der Hand.

»Wem winkst du da?«, fragte meine Schwester.

»Ach, mmh, nix, da war jemand«, stotterte ich und starrte über den See. Aber er war weg. Meine Schwester betrachtete mich stirnrunzelnd. »Wirklich, da war jemand!«, sagte ich.

»Mir kannst du es doch sagen, bist ja ganz blass«, meinte meine Schwester.

»Später, später«, flüsterte ich.

Sie streichelte meinen Arm. Ich spürte ihre Wärme und eine tiefe Verbundenheit mit ihr.

Plappernd, lachend und erzählend fuhren wir nach Hause. Unseren Schatz hatte Becci sorgfältig in die Decke eingewickelt. Wir brachten ihn erst einmal in unser Geheimversteck. Und berieten. Was tun? »Ich werd' ihn morgen Papa zeigen, wenn er von seiner Vortragsreise zurück ist«, meinte Becci.

Wir recherchierten im Internet. Schlagwort »Alte Münzen«. Oh Gott, gab's da viele Einträge. Wir betrachteten Bilder, zeigten uns Ergebnisse.

»Da, so ähnlich sieht doch eine unserer Münzen aus«,

MÜNZEN

AUS SILBER, ...

VOR FAST 1250 JAHREN WIRD DER DENAR UNTER KARL DEM GROSSEN ZUM ZAHLUNGSMITTEL IM FRÄNKISCHEN REICH.

... DENN SILBER KONNTE NÖRDLICH DER ALPEN ABGEBAUT WERDEN.

CARLUSREXFR:
KARL, KÖNIG DER FRANKEN

DORESTADO, EIN ORT IN FRIESLAND AN DEM DIE MÜNZE GEPRÄGT WIRD.

FÜR DEN HANDEL IN SIEDLUNGEN

EIN DENAR GEGEN EINEN SCHEFFEL WEIZEN

AUF DEM LAND WIRD WEITER WARE GETAUSCHT.

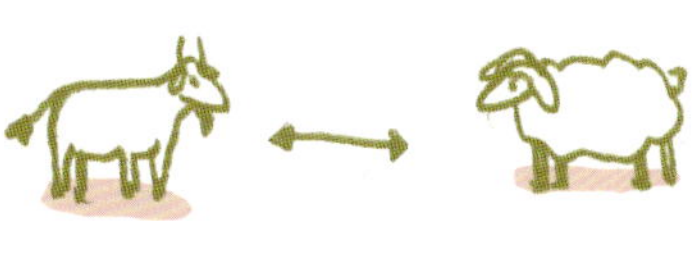

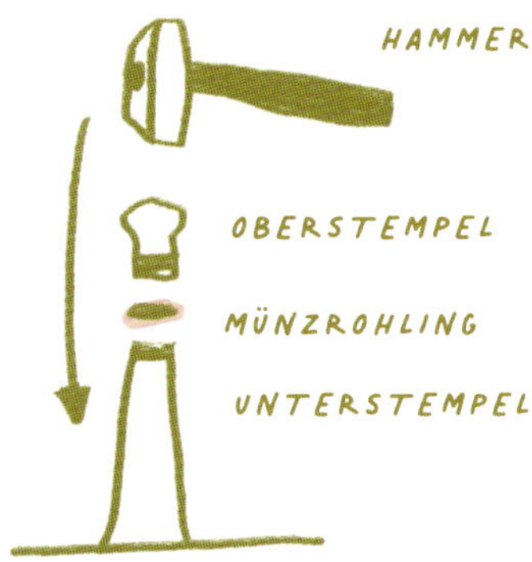

DER WERT DER MÜNZE IST GLEICH DEM WERT DES SILBERS, AUS DEM DIE MÜNZE GEMACHT IST.

meinte Chris und zeigte uns eine Münze aus dem Bestand des Historischen Museums.

»Könnte sein!«, nickte Amira und zeigte ihr Foto, das sie auf einer Website gefunden hatte. Auch sehr ähnlich. Ein richtig zufriedenstellendes Ergebnis hatten wir nicht. Aber Spaß machte es, zu suchen, zu recherchieren, zu vergleichen.

»Wie Papa«, meinte Becci.

Wir versteckten den Schatz hinter einem Stapel Dachziegel und gingen heim.

KAPITEL 7

Als wir uns wieder trafen, es waren vielleicht zwei oder drei Tage später, saßen wir mampfend in unserem Versteck und verspeisten Gemüseburger. Hatte Chris mitgebracht. War total süß, wie er uns die Burger serviert hatte, mit Schürzchen und auf kleinen Tellerchen. Und auf jedes Tellerchen einen Klecks Soße.

»Frisch gemacht, vegan, ganz gesund, Gemüseburger an Senfsoße«, flötete Chris.

»Vegan?«, fragte Marijke. »Ja, vegan, das isst man jetzt!«, gab Chris zur Antwort und erklärte mit vollem Mund »vegan«. Ich hab' nichts verstanden, war am Kauen und es schmeckte super. Sowas müssen wir auch mal machen.

»Das Rezept brauch' ich, kannst du mir das geben?«, fragte ich Chris.

Er nickte und strahlte.

»Gerne!«

»Hört mal, hab' Papa ein paar Münzen und den Armreif gezeigt. Er hat sie sofort erkannt, das sind Denare. So hat das Geld geheißen, früher, im frühen Mittelalter. Und der Armreif ist etwas Besonderes. Und dass wir den Fund auf jeden Fall abgeben müssen. Am besten im Museum. Da sind die richtigen Fachleute. Um 12 Uhr sollen wir am Museum sein, meint Papa!«

Wir waren vor Aufregung viel zu früh da, fast 40 Minuten! Wir streunten ein bisschen durch Geschäfte und schauten uns Klamotten an. Aber dann, 12 Uhr! Wir standen im Vorgarten des Museums.

Frau Dr. Witte, die Chefin der Archäologischen Abteilung, nahm uns in Empfang. In ihrem Raum, der eine Mischung aus Bibliothek, Museum, Labor, Werkstatt und Archiv mit deckenhohen Regalen war, nahmen wir Platz. Becci wickelte vorsichtig den Krug aus der Decke und stellte ihn auf den Arbeitstisch. Ich konnte sehen, wie die Augen von Frau Dr. Witte zu leuchten begannen. Sie zog sich weiße Handschuhe an und hob den Krug hoch.

»Ein wunderbares, nahezu vollständiges Exemplar«, flüsterte sie, Begeisterung lag in ihrer Stimme. Sie entnahm die Lederfetzen, dann die Münzen. Sie schüttelte immer wieder den Kopf. Sie klemmte sich eine Lupe vor ihr Auge und betrachtete eine Münze nach der anderen. Dann den Armreif. Wir beobachteten sie.

»Das ist großartig, was ihr da gefunden habt!«, sagte sie und machte sich Notizen. »Wo habt ihr das gefunden?« Sie blickte Becci an und Becci erzählte, vom See, von Marijkes U-Boot, wie sie den Schatz geborgen haben. Frau Dr. Witte wandte sich an Marijke.

»Was hast du gebaut, ein U-Boot?«

»Ja.« Marijke nickte stolz und holte aus ihrer Tüte ihr U-Boot und begann, es zu erklären. »Soll ich es Ihnen vorführen?«, meinte sie dann.

»Ja, gerne. Aber ich muss Frau Dr. Wagner kurz anrufen, die muss das alles sehen, das ist alles, wie soll ich sagen, ziemlich verrückt und großartig!«

Kurze Zeit später betrat Frau Dr. Wagner den Raum und stand staunend vor dem ausgebreiteten Schatz. Ich beobachtete alles, Frau Dr. Wagner, wie sie alles in ihre Hand

KARL DER GROSSE

✱ UM 747 ✝ 814

768–814 KÖNIG DES FRÄNKISCHEN REICHS
AB 800 KAISER

ER VERORDNET …

… LATEIN ALS GEMEINSAME SPRACHE.

… EINE GEMEINSAME RECHTSPRECHUNG.

… EINE GEMEINSAME SCHRIFT.

… EINE GEMEINSAME WÄHRUNG.

… EINEN GEMEINSAMEN GLAUBEN.

ER KONNTE SELBST NICHT SCHREIBEN.

SEIN MONOGRAMM …

… AUF MÜNZEN

… URKUNDEN UND BÜCHERN.

SEIN REICH

UM ES ZU REGIEREN, REIST ER STÄNDIG DURCH DAS LAND.

nahm, so vorsichtig, als wären es rohe Eier, Frau Dr. Witte, die immer wieder kopfschüttelnd »großartig« sagte, anscheinend ein Lieblingswort von ihr, Marijke, wie sie Kaugummi kauend da saß und grinste, eine Spinne, die unheimlich flink ein Netz im Fensterrahmen spann, und Becci, Chris, meine Schwester und Beccis Papa.

Frau Dr. Witte nahm ihre Lupe vom Auge und begann uns zu erzählen und zu erklären, was wir da gefunden haben, was es für ein großartiger Fund ist, welche große Wichtigkeit er in der Erforschung der Zeit von Kaiser Karl dem Großen hat. Das ist die Zeit, aus der die Münzen und der Krug stammen. Die Lederreste müssen untersucht werden.

Ich weiß nicht, ich glaube, wir saßen mindestens vier oder fünf Stunden bei Frau Dr. Witte und Frau Dr. Wagner.

»Wir halten euch auf dem Laufenden, was unser Labor herausgefunden hat bezüglich Alter, Material etc. Ihr wollt ja wissen, was ihr da gefunden habt, nicht wahr?«, meinte Frau Dr. Witte.

Wir wollten gerade aufbrechen, als Frau Dr. Wagner sich räusperte und sich zu Marijke beugte: »Wolltest du uns nicht dein U-Boot vorführen?«

»Hm, ja, draußen im Springbrunnen. Wollen Sie eine?«,

meinte sie und beförderte eine rote Kaugummikugel aus ihrer Jackentasche zutage und hielt sie Frau Dr. Wagner hin. Ohne zu zögern griff sie danach und schon war die Kugel in ihrem Mund verschwunden und sie machte die größte Blase und ließ sie platzen. Und zwinkerte uns zu!

KAPITEL 8

In dieser Nacht träumte ich sehr heftig. Keine Ahnung warum, vielleicht weil der Mond oder die Sterne so hell schienen oder weil ich einfach in den letzten Tagen so viel erlebt hatte. Ich muss geschrien haben, Amira weckte und streichelte mich.

»Du hast geträumt«, flüsterte sie. »Schlaf weiter!«

Mein Herz schlug furchtbar schnell und ich war nass geschwitzt. Ich ließ meine Augen zu. Ich konnte nicht einschlafen. Ich sah den ganzen Traum vor mir. Ich war ein Mönch in einem langen schwarzen Gewand, ich hatte einen Lederbeutel umgehängt und trug einen Stock, der war größer als ich. Ich spazierte am Ufer eines Flusses entlang, manchmal kam es mir vor, als wenn es ein See wäre, vielleicht auch ein Meer. Ich hab' das andere Ufer nicht gesehen. Dann ging ich übers Wasser. Bin aber nicht wachgeworden. Ich bin dann in ein großes steinernes Gebäude gegangen. Es sah aus wie eine Kirche. Mich haben einige Mönche empfangen, sie haben mich eine enge Treppe hinuntergeführt. Unten war alles sehr niedrig und ziemlich dunkel. In der Mitte war eine sehr dicke Säule, das weiß ich auch noch. Die Mönche haben mir meinen Stock und meinen Beutel abgenommen und mich in eine kleine Kammer geführt. Plötzlich war das Loch, durch das ich gekrochen war, um in die Kammer zu gelangen, zu. Nur durch einen winzigen Spalt drang Licht zu mir. Ich wollte meinen Lederbeutel wiederhaben. Aber die Mönche haben nur gelacht und sind gegangen. Ich wollte wieder raus, war aber alles zugemauert. Ich schrie, dann bin ich wach geworden.

Amira streichelte immer noch meinen Arm und meine Stirn. Irgendwie sind wir beide wieder eingeschlafen und wach geworden, als die Haustür ins Schloss fiel, weil Papa zur Arbeit ging. Fünf Uhr! Wir standen auf. Langsam graute der Tag. Die ersten Vögel zwitscherten. Wir unterhielten uns über den Traum, als meine Schwester meinte: »Weißt du was, wir suchen den Ort, von dem du geträumt hast.

Der Ort hat eine Bedeutung, glaub' mir, Schwesterherz!« Sie stand auf und machte uns eine Schokoladenmilch. Es gibt nichts Besseres, als morgens eine Schokoladenmilch zu schlürfen. Da kann ich richtig gute Gedanken fassen. Wir schauten im Internet nach Traumdeutungen, fanden einiges, so eine Seite, wo stand, dass die Örtlichkeiten, von denen man träumt, oft in der Realität vorkommen, dass es möglich ist, dass man da schon einmal war oder man dorthin geht.

»Aber ich war ein Mönch, Schwester, und in dem Gebäude, ich bin aber ein Mädchen, müsste also eine Nonne gewesen sein«, meinte ich.

»Ja, schon, aber vielleicht warst du in deinem Vorleben ein Junge. Du willst ja eh lieber ein Junge sein«, erwiderte Amira.

Wir waren zum Mittagessen bei Beccis Eltern. Amira drängelte mich, meinen Traum zu erzählen. Nach ein bisschen Zögern erzählte ich ihn. Alle hörten gespannt zu.

Dann schob Herr Steingraf seinen Teller zur Seite, schüttelte seinen Kopf und sagte: »Das ist unglaublich, Hatice, den Ort gibt es.« Er stand auf, verschwand in seiner Bibliothek und kam mit einem dünnen Büchlein zurück, er blätterte darin, schob seine Brille auf die Stirn und las: »Der schottische Wandermönch Amnichad starb 1043 in seiner Minizelle in der Krypta der Michaelskirche. In einem sehr alten Bericht heißt es: ... ein Schotte vornehm von Geschlecht, kame wunderbarlich von dorten hierher. Von Irlandt von dorten nach Fuldt, wohnte daselbst 20 Jahr lang in der Krufft der Kirche ... ging mit trockenen Füßen über einen Fluss, stillte eine erschröckliche Meer ungestüm ...«

Herr Steingraf legte das Buch zur Seite. »Du hast geträumt, dass du ein schottischer Wandermönch bist. In dem Bericht steht nichts von einem Lederbeutel. Du träumst exakt diesen Mönch, aber mit Lederbeutel, interessant. Wir können uns den Raum anschauen, von dem du geträumt hast. Sollen wir?«

Ich zögerte, stotterte ein bisschen, meine Schwester stieß mich unterm Tisch. Sie nickte mir zu.

Nach dem Nachtisch, es gab kleine Pfannkuchen mit Erdnussbuttercreme, fuhren wir zur Kirche. Nur Amira und ich. Und Beccis Papa natürlich. Vorsichtig stiegen wir die schmale Steintreppe zur Krypta hinunter, genau wie in meinem Traum kamen wir zu der dicken Säule. Feuchtigkeit lag in der Luft und es roch seltsam. Undefinierbar. Mich

INKLUSE

INCLUSUS BEDEUTET IN LATEINISCHER SPRACHE „EINGESCHLOSSENER".

INKLUSEN LASSEN SICH IN EINEM RAUM EINSCHLIESSEN ODER SOGAR EINMAUERN.

DAFÜR WERDEN SIE IM MITTELALTER HOCH ANGESEHEN.

IHR ZIEL: VOLLKOMMENHEIT (PERFECTIO) DURCH EXTREME WELTABGEWANDTHEIT

gruselte es. Ich glaubte, feuchtes Leder zu riechen. »Spinn' jetzt nicht!«, sagte ich mir. Ich griff nach der Hand meiner Schwester und drückte sie.

Herr Steingraf zeigte uns einen kleinen Raum und flüsterte: »Darin lebte der Mönch, zwanzig Jahre lang. Unvorstellbar! Bekam nur durch dieses kleine Loch sein Essen. Ein Inkluse. Und das hast du geträumt.«

»Ich muss hier raus«, flüsterte ich meiner Schwester zu und wir stiegen alle wieder hoch. Ich war froh, dann draußen in der Sonne zu stehen, die Vögel zwitschern zu hören und den leichten Wind zu spüren. Ich schnaufte durch.

Wir saßen dann im Eiscafé bei uns um die Ecke.

»Du hast genau den Mönch geträumt, ganz exakt mit der Örtlichkeit und dem Eingeschlossenwerden. Du hattest einen Lederbeutel bei dir.«

Herr Steingraf grübelte und löffelte sein Pistazieneis.

»Was könnte das für ein Lederbeutel gewesen sein?«

»Wenn in dem Beutel Geld war?«, fragte Amira.

»Nein, bestimmt nicht, Mönche hatten kein Geld, das gehörte dem Kloster«, erklärte Herr Steingraf.

»Aber, aber«, Amira kratzte sich am Kopf, »ich hab's! Unser Schatz! Das ist es, der Mönch hatte sich ganz doll verliebt, aber ein Mönch darf das ja nicht, also hat man ihn rausgeschmissen. Seine Liebste hat ihm einen goldenen Armreif als ewiges Andenken geschenkt und er hat Geld aus der Klosterkasse genommen, alles in einen Lederbeutel gesteckt und ist losgezogen. Und hier im Kloster nehmen ihm die anderen Mönche es weg, er will das Geld nicht. Und dann verstecken die Mönche den Lederbeutel in einem Krug und versenken ihn im See!«

Herr Steingraf musste lachen. »Nicht schlecht, könntest Schriftstellerin werden!«

Als ich mit meiner Schwester wieder zu Hause war, gingen wir alles noch einmal durch. In uns erwachte der Detektivspürsinn!

»Warum im See, falls deine Theorie stimmt?«, fragte ich Amira. »Die hätten doch den Tonkrug oder den Beutel einfach vergraben können.«

»Stimmt, aber die anderen Mönche durften das ja nicht mitbekommen. Und einfach so… Ich hab's, Schwesterchen, ich hab's, es soll doch den Geheimgang geben, von dem Kloster, wo wir gerade waren, hoch zu der Kirche, wo wir unser Geheimversteck haben. Die Mönche sind in den Geheimgang, ganz schnell, und dann zum See, Beutel versenkt und zurück!«

»Wenn's den Geheimgang überhaupt gibt. Wir wissen ja noch gar nicht, von wo nach wo der Geheimgang geht. Sind ja alles nur Vermutungen!«, meinte ich.

»Stimmt, da hast du auch wieder recht. Willst du auch eine Schokoladenmilch?«, erwiderte meine Schwester und verschwand in der Küche. Hm, es könnte etwas dran sein an der Geschichte, dachte ich mir. Nur was?

Am nächsten Tag haben wir uns am See verabredet. Ich hatte was Wichtiges mitzuteilen. Am Badeplatz trafen wir uns.

»Und was gibt's Wichtiges?«, fragte Chris.

»Also«, begann Amira. Dann erzählte sie alles, den Traum, dass wir in der Kirche waren, vom Schatz hier im See und vom Geheimgang. »Wir müssen den Geheimgang finden. Das ist bestimmt des Rätsels Lösung!«

Wir überlegten, wo so ein Geheimgang beginnen könnte.

»Also, wenn er von der Kirche in der Stadt bis rüber zur Kirche bei uns geht oder gehen würde, dann müsste er hier irgendwie sein«, erklärte ich.

»Hm, aber eigentlich müssten wir bei dem Kloster in der Stadt oder bei der Kirche oben suchen. Weil ein Geheimgang ja irgendwo anfängt und irgendwo aufhört, oder?

Höchstens es gibt auf der Strecke einen Ein- oder Ausstieg«, warf Marijke ein, »wir müssten also jeden Steinhaufen und so umdrehen, um den Einstieg zu finden.« Dabei ließ sie ihren Kaugummi platzen. Wir machten uns auf die Suche!

KAPITEL 9

Jetzt erst merkten wir, wie viele aufgehäufte Steinhügel es gab. Und zwischen Gebüsch und umgestürzten Bäumen gab es so etwas wie einen verlassenen Steinbruch. Mit eingestürzten Häusern. Wir untersuchten alles, krochen überall hinein, entdeckten Löcher in der Steinbruchwand, fanden nichts außer ein paar alten Schuhen und Unmengen von Spinnen. Hinterm Steinbruch im Hang eine Holztür. Drumherum total verwachsene Weinreben. Mit Müh' und Not stemmten wir die Tür auf, ein Raum so groß wie unser Kinderzimmer, voller Kästen mit leeren Weinflaschen. Wir suchten die Wände ab, nichts. Wir suchten weiter. Nicht aufgeben! Wir waren im Suchfieber. Ich bahnte mir einen Weg auf die andere Seite des Sees. »Ich muss dahin, wo der Mönch mit dem Raben

gestanden hatte«, sagte ich mir. Brombeerhecken, Akaziensträucher, Brennnesseln, Matsch. Ich wurde ganz verkratzt, aber es zog mich weiter. Ich hörte die anderen immer wieder rufen und lachen. Dann erreichte ich die Stelle, an der er gestanden hatte. Ich verweilte da und blickte rüber dorthin, wo ich vorher gewesen war. Plötzlich fing mein Herz wie verrückt zu schlagen an. Ich spürte, dass mich jemand anblickte, ich sah aber niemand. Mein Herz schlug immer schneller. Meine Augen suchten den Weinberg ab, wie abgetastet habe ich ihn mit meinen Augen. Immer wieder blickte ich auf eine Stelle, auf ein Weinberghaus. Meine Freundinnen winkten mir. Ich winkte zurück. Plötzlich verspürte ich einen Schwindel. Komisch, was ist das? Mir ist noch nie schwindelig geworden. Ich musste mich setzen. Ich hielt mich an einem abgebrochenen Ast fest. Ich schloss meine Augen. »Durchschnaufen!«, sagte ich mir. Ich atmete ein, aus, ein, aus. Langsam, regelmäßig. Ich hörte nichts mehr, nur noch Rauschen und einen hohen Pfeifton. Mir wurde es schlecht, es roch plötzlich ganz stark. Liegt hier ein totes Tier? Dass ich das dachte, wusste ich noch, ich wollte meine Augen öffnen, es krächzten plötzlich unendlich viele Krähen oder Raben. Ich starrte auf den See, alles flimmerte, ich krallte meine Finger in den Boden.

Nicht umfallen! Ich atmete, da stand plötzlich der Mönch vor mir, im Wasser, das Wasser dampfte, Fische sprangen heraus, die Hecken um mich waren voller Brombeeren, Glocken läuteten, ein Käuzchen schrie. Der Mönch saß plötzlich in einem Boot und ruderte über den See. Ich hörte etwas rufen: »Fährmann, Fährmann, komm herüber!« Schmetterlinge flatterten vor mir, ich kratzte mich, alles juckte, ich trug eine Leinenhose und überall rannten Ameisen auf mir, ich kratzte und kratzte, der Stoff juckte, da stand plötzlich Chris in einem langen Rock und mit einem Weidenkorb neben mir und streute Samen in den See. Die Samen gingen sofort auf und Schlingpflanzen wuchsen, durch die Schlingpflanzen sah ich den Mönch, wie er am anderen Ufer ... die Schlingpflanzen umschlangen mich, ich schrie ...

Da kam ich zu mir. Chris, Marijke, Amira und Becci knieten neben mir. Mein Kopf lag auf dem Schoß meiner Schwester. Sie war klatschnass und weinte und streichelte mich ununterbrochen. Ich blickte in ihre Augen. Tränen fielen auf mein Gesicht.

»Du lebst, du lebst«, flüsterte sie, »du lebst, du bist umgefallen, hab' dich gesehen und bin rübergeschwommen, zu dir, du lebst, bin so froh, puh, du lebst.«

Ich nahm ihre Hand und wollte sie drücken, aber ich war kraftlos. Marijke gab mir Brombeeren, ich aß und blickte über den See. Kein Mönch, keine Schlingpflanzen. Keine springenden Fische.

»Was ist passiert?«, fragte Becci.

»Ich weiß es nicht«, erwiderte ich flüsternd, »aber da war was, der Mönch, der Mönch.«

»Der Mönch, welcher Mönch?«, wollte Becci wissen. Stockend erzählte ich, schweigend hörten die anderen zu. »Da, da drüben muss es sein! Da sind die Krähen geflogen, schnell, da müssen wir hin!« Ich zeigte auf ein Weinberghäuschen: »Da, da ist es.«

»Hast du Fieber?«, fragte Marijke und legte ihre Hand auf meine Stirn. Sie tat mir unendlich gut. Ich schloss meine Augen und genoss es.

»Ich hab' kein Fieber, da drüben ist es, kommt, bitte! Glaubt mir!«

Alles drehte sich. Meine Schwester streichelte mich ganz liebevoll. Ich stand auf. Langsam ging es voran. Viel zu langsam. Ich wollte schneller gehen, das ging aber nicht. Dann waren wir an der Badestelle.

»Da, da drüben müssen wir hoch!«, sagte ich.

Wir stiegen zwischen Weinreben hoch. Es kam mir alles unheimlich steil vor. Ich merkte, dass meine Schwester mich die ganze Zeit anblickte. Ich griff nach ihrer Hand und zog sie fast mit mir hoch. Obwohl ich mich schwach fühlte, ging ich Schritt für Schritt, den Blick nach vorne gerichtet, weiter, weiter. Ich strebte auf ein Weinberghäuschen zu. Die Tür hing in der Angel, überall Brennnesseln und Brombeerhecken. Das Häuschen war schon lange nicht mehr betreten worden. Spinnweben hingen im Türrahmen, mit großen fetten schwarzen Spinnen. Innen gab es nur ein Tischchen, einen Stuhl und ein Regal. Alles voller Staub, Schutt, Abfall. Und ein toter Vogel. Überall wuchs Unkraut. In der Ecke ein Besen und ein Rechen. Von Spinnen eingesponnen. Im Regal nur leere Weinflaschen, einige von Mäusen angeknabberte Bücher, das eine hieß »Bei Sonnenuntergang schweigen«, es war ein Krimi. Ein anderes war ein Bildband mit dem Titel »Wandmalerei«, viele Seiten waren zusammengeklebt. Ich blätterte in dem Buch. Mir fiel eine Feder entgegen, die wie ein Lesezeichen zwischen den Seiten lag. Ich schlug die Seite auf, die Abbildung zeigte Wandmalereien der Krypta der Kirche, wo wir unser Geheimversteck haben. Und den

WANDMALEREI

WANDMALEREIEN

... ERZÄHLEN GESCHICHTEN.

... WERDEN DIREKT AUF WÄNDE UND DECKEN GEMALT.

... VERZIEREN KIRCHEN SEIT ÜBER 1000 JAHREN.

ES GIBT UNTERSCHIEDLICHE TECHNIKEN, DIE FARBEN AUFZUTRAGEN.

SECCOMALEREIEN

ITALIENISCH:
SECCO = TROCKEN

... WERDEN AUF TROCKENEN PUTZ GEMALT.

FRESKEN

ITALIENISCH: AL FRESCO = INS FRISCHE

... WERDEN AUF FEUCHTEN, FRISCHEN PUTZ GEMALT.

... SIND SEHR STABIL, WEIL SIE MIT DEM PUTZ VERBUNDEN SIND.

Engel, der mit den Füßen fast im See steht. Ich zeigte es den anderen.

»Seltsam, nicht?« Die anderen nickten.

»Hm, warum ist hier ein Buch mit den Malereien? Das ist wie ein Hinweis«, meinte Becci.

»Mir wird's ein bisschen komisch zumute«, meinte Chris.

Wir suchten den Raum ab, klopften an die Wände, vielleicht klingt es irgendwo hohl, rissen morsche Dielenbretter aus dem Fußboden. Kellerasseln rannten wie wild umher. Aus Versehen stolperte Chris gegen das Regal. Mit einem Rums und mit Klirren der Flaschen fiel es um und brach auseinander. Alles war wurmstichig und verfault. Aber dort, wo das Regal gestanden hatte, hing ein völlig verdreckter Teppich. Wir lupften ihn etwas hoch, ein Loch kam zum Vorschein. Kalt und feucht strömte die Luft heraus.

»Das muss ein Eingang sein«, flüsterte Amira und blickte mich an. Ich nickte. Amira wollte gleich hineinkriechen. Becci hielt sie zurück.

»Wir brauchen Taschenlampen, ist doch stockfinster da drin.«

»Bitte, nur ein bisschen!«, bettelte Amira, und schon

kroch sie hinein. »Wenn ich in fünf Stunden nicht zurück bin, sucht ihr mich, ja?«, meinte sie lachend und verschwand im Loch. Keine fünf Minuten später kam sie zurück. »Igitt, igitt, da drin stinkt's und überall tropft's von der Decke und ...« Sie schwieg, runzelte ihre Stirn. »Ich glaub', ich hab' da drin Stimmen gehört!«

»Stimmen?«, fragte ich.

»Ja, 'ne Männerstimme und 'ne Frauenstimme.«

»Das sind bestimmt ein Zwerg und das Schneewittchen«, meinte lachend Becci.

»Vielleicht ist das gar kein Geheimgang, sondern einfach ein Gang zu einem Weinkeller?«, überlegte Chris. »Oder zu einer Küche für die Leute, die im Weinberg arbeiten?«

Wir wollten uns am nächsten Morgen treffen, es wurde viel später. Wir mussten mit Papa zum Arzt fahren, er hatte sich während der Arbeit einen Hexenschuss geholt. Der Arme! Es tat ihm höllisch weh.

»Beim Circus hab' ich sowas nie bekommen, aber jetzt bei der sch... Paketschlepperei.«

Gegen Nachmittag trafen wir uns. Papa lag auf dem Sofa und blätterte in einem belgischen Circusmagazin. Jetzt konnten wir gehen.

»Tschüss Papa, pass' auf dich auf!«, riefen wir, als wir losdüsten. Wir hatten Taschenlampen, Batterien, Kerzen, Fahrradhelme und ein Kletterseil dabei. Wir wollten gerade in den Gang einsteigen, da druckste Chris herum.

»Ich hab' ein bisschen Angst, ich bleib da. Ich werde den Eingang bewachen und Rezepte erfinden!«

»Kein Problem«, meinten wir, dann stiegen wir ein. Sehr eng und niedrig war es. Es tropfte von den Wänden. Alles war feucht und klamm. Vorsichtig im Lichtstrahl der Taschenlampen bewegten wir uns vorwärts. Dann hörte der Gang auf und Stufen kamen. Weiter ging's, Stufe für Stufe stiegen wir höher und weiter. Wir flüsterten nur das Notwendigste. Wir hörten es überall tropfen. Dann hin und wieder kullernde Steine. Alles war ziemlich unheimlich! Allein wäre ich da nie reingegangen. Wir fröstelten. Und stiegen weiter. Wo wird der Gang wohl hinführen? Das Tropfen wurde immer lauter, immer deutlicher. Da, eine Steigleiter in der Wand. Wir leuchteten mit der Taschenlampe nach oben. Ein Schacht nach oben. Und oben war eine Falltür zu erkennen.

»Ich steig' nach oben«, flüsterte meine Schwester. Sie

wollte sich hochhangeln, sie rutschte immer wieder an der feuchten Wand ab, Marijke machte ihr die Steigleiter, jetzt konnte meine Schwester hochsteigen. Perfekt! Wir hörten es quietschen und Amira rief uns zu nach unten: »Geschafft!« Dann trat Ruhe ein.

»Amira, Amira, was ist los?«, rief ich. Nichts, nur das Tropfen des Wassers war zu hören.

»Kommt mal!«, kam's von oben. Jetzt machte ich für Marijke die Leiter, sie stellte sich ziemlich ungeschickt an, ich musste sie festhalten. Ich glaube, das hat sie absichtlich gemacht. Besonders als sie mich dann hochzog, grinste sie so ein bisschen anders als sonst.

»Du hast da was«, meinte sie und holte eine kleine Spinne aus meinem Haar.

»Ja, ähm, bestimmt!«, stotterte ich, ich muss zugeben, etwas verlegen. Als Letzte hangelte sich flink wie ein Wiesel Becci hoch. Wir standen in einem Raum voll mit Büchern. Und einem Tischchen mit zwei Sesseln. Alles total sauber und ordentlich. Wir betrachteten die Bücher, alles Bücher in Latein. Meist waren es ganz alte Bücher. Mit bunten Bildern mit Gold und so.

»Das sind richtig alte Bücher«, flüsterte Becci. Wir zogen

BIBLIOTHEKEN

BIBLIOTHEKEN SIND TEIL DER KLÖSTER.

HIER WERDEN BÜCHER AUFBEWAHRT, GELESEN UND MIT ANDEREN BIBLIOTHEKEN AUSGETAUSCHT.

ein Buch nach dem anderen aus dem Regal. Medizinbücher, Bücher über Astrologie und Mathematik, Pflanzenbücher, Bibeln. Amira entdeckte, dass fast alle Bücher Stempel von Bibliotheken hatten: Dombibliothek Aachen, Stiftsbibliothek St. Gallen, Vatikanische Bibliothek, Bibliothèque nationale de France und so weiter.

Was ist das hier für eine Bibliothek? Ich wollte die Tür nach draußen öffnen, sie war abgeschlossen. Die Fenster waren vergittert und ließen sich auch nicht öffnen.

»Sehr seltsam«, meinte ich.

»Ha, hier würde sich unser Lateinlehrer pudelwohl fühlen«, sagte lachend Becci. »Ich find' das ganz arg komisch«, fuhr Becci fort, »alle Bücher hier sind aus Bibliotheken, alle haben sie einen Stempel, sie sind eindeutig aus dem Bestand!« Becci zog aus dem Regal das Buch »Stellarum et orbium iter« und deutete auf den Stempel »Klosterbibliothek Lainz«. Sie zückte ihr Handy und gab »Klosterbibliothek Lainz« ein, es kamen Bilder vom Kloster, von Mönchen, der Landschaft, dann die Website www.kloster-lainz.at, wieder Bilder, Mönche, die barocke Kirche, die Klosterbibliothek, da ein Button mit »Bibliotheksbestand«. Becci tippte auf den Button. Eine Liste erschien, unterteilt in Naturwissenschaften, Medizin, Baukunst, Handwerk. Immer mit Buchtitel, fortlaufender Nummer und Jahreszahl und einer Spalte mit Anmerkungen. Becci scrollte die Liste durch.

»Da!«, schrie plötzlich Amira und tippte mit ihrem Finger auf den Bildschirm. Da stand das Buch »Stellarum et orbium iter«. Und bei »Anmerkungen« stand »entliehen« und eine Signatur.

»Da hat jemand das Buch ausgeliehen und nicht mehr zurückgegeben«, meinte Marijke und versuchte wie wir alle, die Signatur zu lesen.

»Mombermann, Donndermann, Nombelmann.« Sie war einfach zu unleserlich, die Signatur. Schade.

»Komm, wir fotografieren alle Bücher und daheim recherchieren wir dann in den Bibliotheken!«, meinte ich.

»Gute Idee!«, fügte Becci hinzu. Und dann fotografierten wir alle Bücher. Ich glaube, es waren 70 oder 80 Stück. Ganz schöne Menge.

Dann verließen wir das Häuschen und gingen den gleichen Weg wieder zurück. Es reichte für heute, war auch schon spät.

BUCH

ERSTE BÜCHER GIBT ES SEIT CA. 1900 JAHREN.

DAVOR GIBT ES ROLLEN AUS PERGAMENT ODER PAPYRUS.

JEDES BUCH IST DAMALS VON HAND GESCHRIEBEN.

ÜBER 1300 JAHRE LANG SIND DIE SEITEN VON BÜCHERN AUS PERGAMENT.

PERGAMENT IST DIE HAUT VON SCHAF, ZIEGE, ODER KALB.

FÜR EIN BUCH WERDEN DIE HÄUTE VON EINER GANZEN HERDE BENÖTIGT.

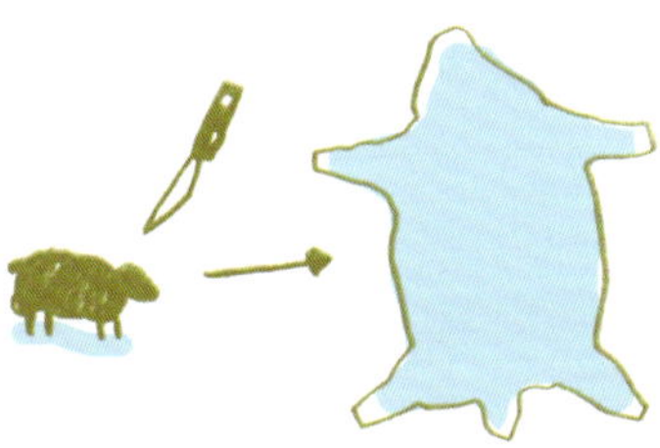

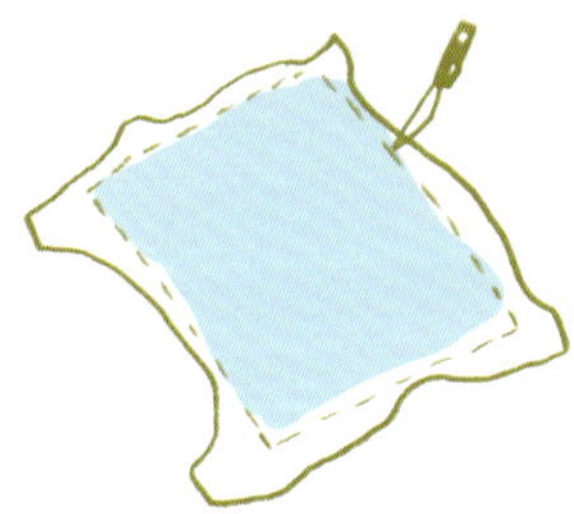

FÜR DAS BUCH WIRD DIE HAUT BEARBEITET, ZUGESCHNITTEN ...

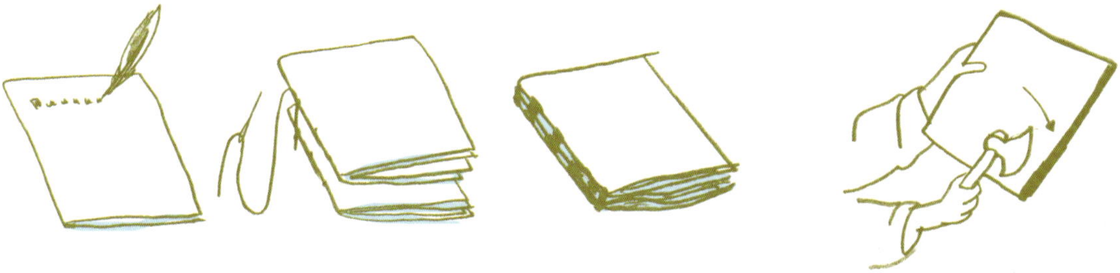

... BESCHRIEBEN, GEBUNDEN.

DER BUCHDECKEL IST AUS HOLZ UND WIRD MIT ELFENBEIN, GOLD, SILBER UND MIT EDELSTEINEN VERZIERT.

Als wir aus dem Gang traten, lag Chris im Gras und schlief. Wir erschreckten ihn. Mit ganz tiefen Stimmen haben wir laut gezetert: »Wer liegt da auf unserem Grundstück, eine Frechheit, wir rufen jetzt die Polizei!« Er fuhr hoch, starrte uns mit ängstlichen Augen an, dann musste er lachen.

»Boa, das habt ihr aber gut gemacht, richtig echt!« Wir zeigten ihm die Fotos. Als Chris die Fotos sah, meinte er ganz nüchtern: »Die sind geklaut, das riecht nach Diebstahl.«

»Wie kommst denn da drauf?«, fragte ich.

»Na, ist doch ganz einfach, eine Hütte voll mit alten Büchern, alle aus irgendwelchen Bibliotheken. Der Zugang wahrscheinlich nur über den unterirdischen Gang, also wenn das nicht nach Diebesversteck riecht, dann will ich Christinchen heißen!«, meinte er. Und Becci sagte: »Da hast du recht und Christinchen würde auch zu dir passen. Christinchen Bienchen.«

»Und du bist Becci Schnecki.« Lachend kitzelte er Becci.

»Hört auf, lasst uns lieber mal nachdenken, warum die Bücher da drin sind!«, unterbrach ich.

»Hm, ich finde Christinches Theorie ziemlich logisch.«

»Christinchen kann auch logisch denken, denn wer Rezepte lesen kann, kann auch logisch denken!«, zickte Chris zurück. Wir spekulierten und phantasierten.

»Hm, alles ziemlich rätselhaft!«, meinte meine Schwester.

»Und spannend!«, warf Marijke ein.

Wir radelten heim. »Bis morgen!«, riefen wir uns zu und stoben auseinander.

KAPITEL 10

Ich saß mit meiner Schwester auf dem Sofa und wir schauten Fernsehen, machten uns ein Erdnussbutterbrot nach dem anderen und tranken Limonade. Und schauten nur so nebenbei zum Bildschirm, weil wir ununterbrochen quatschten. Vom Circus, vom Gang, von Marijke, den anderen, von Akrobatik und unseren Träumen.

Ich erzählte gerade von meinem Wunsch, in den großen Ferien in unsere Heimat zu fahren: »Ich möchte so gerne nach da, wo Mama hergekommen ist, und zu Oma und Opa. Nicht immer telefonieren und skypen und so. In echt will ich sie mal wieder sehen, ist schon so lange her. Weißt noch, wie es bei Oma und Opa so gut gerochen hat, wenn Oma die Soljanka ...«

»Sei mal still!«, unterbrach mich meine Schwester und starrte auf den Bildschirm.

»Gestern Nacht gab es im Bischöflichen Museum einen spektakulären Einbruch. Diebe drangen in den Saal, wo sich die wertvollsten Bücher der Klosterbibliothek in Vitrinen befinden. Die Diebe zerschlugen anscheinend mit einem Hammer erst die Kamera und dann eine Vitrine und entwendeten seltsamerweise nur ein Buch. Nach Auskunft des Museumsdirektors ist es ein äußerst wertvolles Buch mit den Figurengedichten des Rabanus Maurus. Eines der im wahrsten Sinn des Wortes genialsten Bücher in der Verbindung von Schrift, Bild und Zahlensymbolik.

Die Diebe verließen das Museum durch ein Fenster zum Bischöflichen Garten. Auch das Fenster wurde anscheinend mit einem Hammer zertrümmert. Auf dem Fußboden, am Fensterrahmen und an einem Busch vor dem Fenster fanden sich Blutspuren. Die Polizei geht davon aus, dass sich die Diebe verletzt haben.«

Dann wurden Bilder der zertrümmerten Vitrine und des Buschs gezeigt. Es gab noch ein Interview mit einem Fachmann für gestohlene Kunstschätze, der meinte, dass sich

FIGURENGEDICHT

ÄHNLICH EINEM KREUZWORTRÄSEL.

831 VON RABANUS MAURUS GESCHRIEBEN UND ENTWORFEN. DER TEXT IST IN LATEINISCHER SPRACHE ZU EHREN VON KAISER LUDWIG DEM FROMMEN.

IM HEILIGENSCHEIN STEHT:
DU, CHRISTUS, KRÖNE LUDWIG.

DIE BUCHSTABEN VON LINKS NACH RECHTS GELESEN ERGEBEN JEWEILS EINEN TEXT, DIE BUCHSTABEN IN KRONE, FIGUR UND SCHILD GELESEN AUCH.

TU LUDOVVICUM
CRISTE CORONA =
DU, CHRISTUS,
KRÖNE LUDWIG.

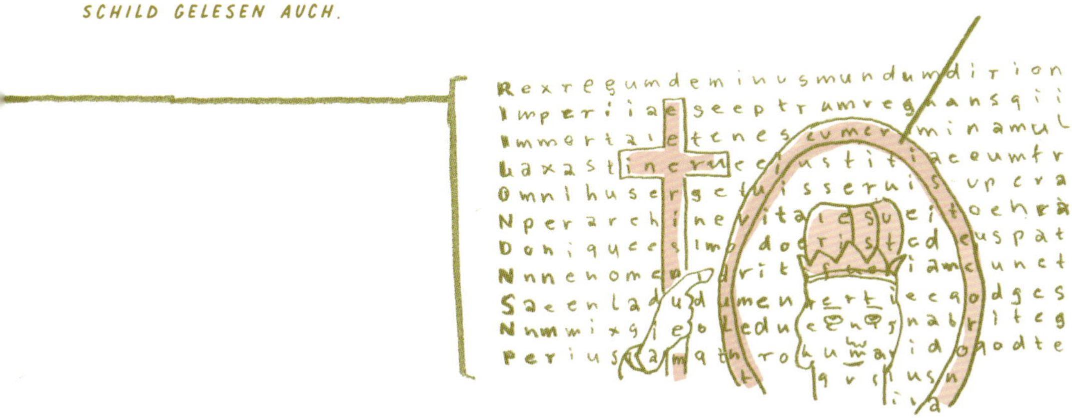

dieses Buch nicht auf dem freien Markt verkaufen lässt. Und dass man auf Insidertipps hofft.

Am nächsten Tag trafen wir uns wieder in unserem Versteck. Der Diebstahl, der Einbruch war natürlich das Thema. Becci recherchierte nach dem Buch im Internet und las uns immer wieder was vor.

Wir radelten in die Stadt, Becci musste noch ein Buch in der Buchhandlung abholen, danach wollten wir noch einmal zum Gang. Wir warteten im Eiscafé gegenüber der Buchhandlung.

»Schau mal, wer da kommt!« Amira stieß mich an. Unser Lateinlehrer kam mit seiner Mama auf uns zu. Er hatte uns noch nicht entdeckt. Er war sehr ins Gespräch mit seiner Mutter vertieft. Dann blickte er nach vorne und sah uns. Zu unserem Erstaunen bog er ganz schnell nach links ab, um die Straße zu überqueren. Er zog seine Mutter hinter sich her, ein Auto kam viel zu schnell die Straße runtergefahren und bremste. Erschrocken stolperte unser Lateinlehrer und stürzte. Und fiel auf den Gehweg. Wir sprangen auf und rannten zu ihm. Ich griff nach seiner Hand, um ihm aufstehen zu helfen.

»Au!«, stöhnte er und zog seine Hand zurück. »Pass' doch

auf!« Da sah ich, dass seine Hand eingebunden war.

»Haben Sie sich verletzt?«, fragte ich.

»Nein, nein, es geht schon, danke. Das ist beim Regalbauen passiert«, erklärte er und deutete mit seinem Kopf auf seine Hand. »Danke, danke«, flüsterte er kaum wahrnehmbar und ging mit seiner Mutter weiter, die die ganze Zeit schweigend neben ihm gestanden hatte.

»Hm, seltsam, der war aber heute komisch«, sagte ich. »Kein lateinischer Spruch?«

Wir machten uns auf zum See, die Sonne schien richtig schön, total warm.

»Erst zum Baden und dann Gang«, rief Marijke und radelte uns plötzlich wie eine Wilde davon. Als wir beim See ankamen, war Marijke schon im Wasser und planschte herum.

»Kommt rein, super warm!« Wir standen da, ähm, keine Badesachen dabei, aber dann sahen wir, dass Marijke einfach in Unterhose und Unterhemd ins Wasser gesprungen war. Ich genierte mich ein bisschen, ich weiß auch nicht warum. Marijke kam angeschwommen und spritzte mich nass. Also rein in den See! Ach, tat das gut! Herrlich! Als die Sonne gerade hinterm Weinberg verschwand, wurde es uns etwas zu kühl.

»Ich glaube, heute wird es nichts mehr mit dem Gang, schon halb fünf«, meinte ich. Wir hüpften zum letzten Sonnenstrahl, der zwischen Bäumen auf ein Stück Weinberg schien, standen dicht gedrängt da und wärmten uns. Marijke neben mir oder ich neben ihr. Wir hatten beide eine Gänsehaut und zitterten.

»Du frierst, soll ich …« Marijke wollte gerade weiterreden, als Chris plötzlich meinte: »Das gibt es nicht, schaut mal!« Auf der anderen Seite vom See spazierte unser Lateinlehrer mit seiner Mutter.

»Was machen die denn hier, die wohnen doch ganz woanders!«, staunte Becci. Wir schauten ihnen so lange nach, bis sie im Wald verschwunden waren.

KAPITEL 11

Als Amira und ich im Bett lagen, konnte ich nicht schlafen. Nicht weil Papa nebenan schnarchte, einen ganzen Wald abholzte, nein, irgendwie ging mir alles durch den Kopf. Alles drehte sich in meinem Gehirn. Wenn ich so viel denke, kann ich nicht schlafen. Eine Gedankenflut. Eigentlich eine Gedankensturmflut. Ich wälzte mich herum und stand leise auf. Der Mond schien durchs Küchenfenster und da sah ich ihn wieder, den Mann mit dem Raben. Er stand auf der anderen Straßenseite, dort, wo der große Rosenbusch wächst. Er stand einfach da und blickte zu mir. Mein Herz klopfte, ich kniff die Augen zusammen, er war immer noch da! Wieso seh' ich immer wieder den Mann mit dem Raben? Wieso ich und sonst niemand?

Vielleicht sagt es niemand, dass ihr oder ihm der Mann mit dem Raben erscheint?

Ich trat vor die Haustür. Er stand noch an der gleichen Stelle. Ich ging barfuß über die Hofeinfahrt, ganz langsam rüber zur Straße. Regungslos stand er da, nur der Rabe auf seiner Schulter bewegte seinen Kopf. Ich hörte ein Geräusch, der Mond verschwand hinter einer Wolke, der Mann war weg. Stand nicht mehr dort, wo er gestanden hatte. Meine Augen suchten ihn. Jetzt entdeckte ich ihn ganz vorne an der Straßenkreuzung. Ich folgte ihm. Immer wieder verschwand er und stand dann ein Stück weiter und schien auf mich zu warten. Ich folgte ihm über einen Acker, über eine Wiese, auf einem Schotterweg. Er ging einen Hügel hoch. So lange, bis ich vor einer kleinen Kapelle stand.

Ein kalter Wind strich um die Kapelle. Mich fror es. Der Mann mit dem Raben stand an der Kapellentür, stieß sie auf und verschwand. Ich folgte ihm. Ich hatte keine Angst. Ich trat in die Kapelle, sie war vollgestellt mit Kirchenbänken, Kisten, Baugerüsten, Heiligenfiguren, die teilweise abgedeckt waren. Der Mond schien durch die Fenster. Ich sah gerade noch, wie der Mann hinter dem Altar verschwand. Ich folgte ihm und stand vor einer niedrigen Holztür. Sie ging mir vielleicht bis zum Bauch. Unter der Türritze drang feuchte kalte Luft heraus. Da verspürte ich plötzlich eine unheimliche Müdigkeit. In weiter Ferne hörte ich das Krächzen des Raben. Von irgendwo tief unten. Wie aus dem Irgendwo. Ich legte mich auf eine Kirchenbank und schlief ein. Keine Ahnung, wie lange ich geschlafen hatte. Ich wachte vom Krächzen ganz vieler Raben auf. Ich schaute mich um, es musste sehr früh am Morgen sein. Leichte Morgendämmerung. Ich ging aus der Kapelle, im fahlen Morgenlicht sah ich auf dem gegenüberliegenden Hügel die Kirche, wo wir unser Versteck haben. Ich ging den Hügel hinunter. Mir war es richtig kalt und meine Füße taten mir weh. Hab' ich alles geträumt? Bin ich eine Schlafwandlerin? Als ich über die Hofeinfahrt ging, sah ich Licht in der Küche, meine Schwester saß da und trank eine heiße Schokolade. Sie gähnte mich an. »Gut, dass du wieder da bist«, flüsterte sie und nahm mich in ihre Arme. Schön warm war meine Schwester. Meine Schwester fragte nicht, ich erzählte und erzählte. Ich erzählte auch, wie oft mir der Mann mit dem Raben schon erschienen ist. Meine Schwester lächelte und meinte nur: »Ich weiß.« Und sie machte mir eine zweite Tasse heiße Schokolade.

Die Zeitungen waren voll mit dem Diebstahl. Immer wieder Fotos vom Buch, dem zertrümmerten Fenster. Und dass man vor einem Rätsel stehen würde. Man verglich den Buchraub mit anderen spektakulären Raubüberfällen. Waren es die gleichen Täter? Handelten sie im Auftrag?

Eigentlich war geplant, am nächsten Tag wieder in den Gang zu steigen und ihn bis zu seinem Ende zu begehen. Wenn es denn überhaupt ein Ende gab.

»Vielleicht geht der unterirdische Gang bis zum Meer«, meinte Marijke, »nach 100 Tagen erreichten völlig ausgehungert fünf Freundinnen das Meer durch einen unterirdischen Gang, der einst von wilden Seeräubern und frommen Mönchen gegraben worden war.« Marijke redete wie eine Radiomoderatorin, wir lachten, bis uns der Bauch schmerzte.

Tja, aber jetzt, ich war schon in der Nacht wach geworden, regnete es wie aus Kübeln. Da war an Geheimgang nicht zu denken. Es regnete drei Tage, ich glaube ununterbrochen. Die Wolken waren fast schwarz und entleerten sich einfach. Wasser, Wasser, Wasser. Wir telefonierten oder schickten uns Nachrichten untereinander. Keine hatte Lust rauszugehen. Wir lümmelten auf dem Sofa herum, machten ein bisschen Akrobatik, lasen und schauten fern.

Und quatschten viel. Wir hatten uns viel zu erzählen.

Dann endlich waren die Wolken leer und weg waren sie. Der Himmel war strahlend blau, wie frisch geputzt oder gestrichen.

Wir trafen uns vor dem Weinberghäuschen. Wir hatten alle Regenklamotten und Gummistiefel an.

»Expedition Geheimgang startet!«, rief Amira freudig in die Runde. »Endlich geht es los, juhu!«

Wir betraten das Häuschen, schoben den Vorhang zur Seite und stiegen ein. Alles war klitschnass und von den Wänden tropfte es. Wir mussten sehr vorsichtig gehen, um nicht auszurutschen. Unsere Taschenlampen erhellten den Gang. Alles glänzte vor Feuchtigkeit. Dann hatten wir die Treppe erreicht. Stufen, Stufen und nochmal Stufen, mir kamen sie mehr vor als beim ersten Mal. Niemand sprach, nur unser Atmen und die Wassertropfen, die in die Pfützen fielen, waren zu hören. Plötzlich hielten wir inne. Lauschten, hörten entfernt Stimmen. Eine Männer- und eine Frauenstimme. Wir konnten nichts verstehen.

»Weiter oder zurück?«, flüsterte ich, alle zeigten nach vorne, also weiter. Sicherheitshalber hatten wir nur noch eine Taschenlampe brennen. Langsam und so leise wie möglich gingen wir weiter. Dann erreichten wir den Schacht mit der Falltür. Und von dort oben kamen die Stimmen. Wir machten uns Zeichen und ich wollte mich gerade in dem Schacht hochhangeln, als plötzlich die Falltür geöffnet wurde. Wir konnten uns gerade noch in eine Nische drücken, ein Mann kletterte rückwärts herunter, knipste seine Taschenlampe an – das kann doch nicht wahr sein! Ich drückte die Hand meiner Schwester. Sie unterdrückte einen Schrei, so fest hatte ich zugedrückt. Der Mann, der da gerade heruntergeklettert war, war unser Lateinlehrer. Stolpernd hastete er den Gang hoch. Das Licht seiner Taschenlampe wurde kleiner und kleiner. Dann war es dunkel. Stockdunkel. Wir trauten uns kaum, uns zu bewegen. Wir sagten nichts. Wir standen im Dunkeln, so lange, bis ich es wagte, meine Taschenlampe anzuknipsen.

»Das war Herr Donner!«, flüsterte Chris und alle nickten.

»Was macht der hier?«, fragte Amira. Es war eigentlich keine Frage, es war eine Feststellung mit einem großen Fragezeichen.

»Ich schau' mal nach«, meinte sie und schon hangelte sie sich nach oben. Nichts war zu hören. Vorsichtig und so langsam wie möglich drückte sie die Falltür auf. Erst einen kleinen Spalt, Licht fiel zu uns hinunter, dann noch ein Stückchen weiter. Wir sahen nur noch ihre Beine, dann verschloss sich die Falltür und Amira sprang herunter und stand keuchend vor uns. »Da oben sitzt Herr Donners Mama und strickt Socken und im Regal lehnt das geklaute Buch!«

Ich tippte meiner Schwester an die Stirn.

»Du spinnst, Schwesterherz, du hast schon Erscheinungen!«

»Schau' doch selbst«, meinte sie. Ich hangelte mich hoch, Marijke machte mir wieder die Räuberleiter. »Pass auf dich auf!«, flüsterte sie. Ich öffnete vorsichtig die Falltür, nur ein kleines Stückchen, sodass ich den Kopf durchstecken konnte, und schaute. Ja, wirklich, da saß sie und strickte und im Regal lehnte das Buch. Und sie murmelte immer: »Ich muss auf das Skriptorium aufpassen, da darf niemand rein! Nein, nein, nein. Nicht wahr, Elfriede, du passt gut auf!«

»Träum' ich? Ist das jetzt ein Film?« Ich stieg wieder hinunter. Kopfschüttelnd stand ich da. »Du hast recht, Schwester, das ist verrückt, das gibt es doch nicht.«

»Dann würde das heißen, dass … also dass unser Lateinlehrer das Buch …?«, flüsterte Becci.

SKRIPTORIUM

IN LATEINISCHER SPRACHE: SCRIBERE = SCHREIBEN

SCHREIBSTUBE UND SCHREIBSCHULE IM KLOSTER.

HIER WERDEN BÜCHER ABGESCHRIEBEN UND VERVIELFÄLTIGT.

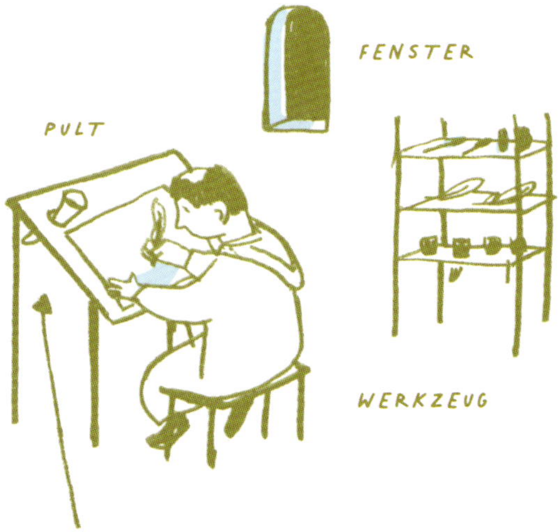

GESCHRIEBEN WIRD MIT GÄNSEFEDERN ...

... MIT TINTE AUS EISENSULFAT UND GALLÄPFELN, RUSS, ODER DORNEN...

VOM RECHTEN FLÜGEL FÜR RECHTSHÄNDER.

VOM LINKEM FLÜGEL FÜR LINKSHÄNDER.

... AUS EINEM GEFÄSS AUS RINDERHORN.

IN DIE BÜCHER WERDEN AUCH AUFWÄNDIGE BILDER MIT FARBE UND GOLD GEMALT.

JEDES BUCH IST EIN EINZELSTÜCK UND SEHR WERTVOLL. EINES KANN Z.B. EIN BIS ZWEI WEINBERGE KOSTEN.

BÜCHER WERDEN FÜR DEN BEDARF DES EIGENEN KLOSTERS UND IM AUFTRAG ANDERER KLÖSTER ODER ADELIGER HERGESTELLT.

»Wartet mal!«, meinte plötzlich Amira und schon war sie oben unter der Falltür, öffnete sie und zeigte uns ein Wollknäuel.

»Sie schläft«, flüsterte Amira und winkte mich zu sich hoch. »Halt' mal, ich hol' das Buch!« Bevor ich was sagen konnte, hatte sie die Falltür noch weiter aufgestemmt, ich stand auf Marijkes Schultern, ich hielt die Falltür und flink wie ein Wiesel schlüpfte sie aus dem Spalt, nahm das Buch vom Regal, legte das Wollknäuel auf den Tisch und zwängte sich grinsend zu mir herunter. Ich konnte die Tür kaum noch halten.

Becci nahm das Buch entgegen, dann standen wir im Kreis. In Marijkes Händen lag das Buch, von drei Taschenlampen bestrahlt. Wir staunten andächtig.

»Ich glaube, so etwas Wertvolles hab' ich noch nie in den Händen gehalten!«, meinte sie. Aus dem Buch lugte ein Zettel, Marijke zog ihn heraus, ein lateinischer Satz stand da, in kleiner, krakeliger Schrift. Flüsternd las sie ihn vor:

»In Versen mit Mund, Herz und Hand will ich, Rabanus, das Geschenk des Himmels besingen.«

»Das klingt aber schön«, meinte Chris, wir nickten. Und wir wussten, die Schrift auf dem Zettel war von unserem Lateinlehrer!

Marijke hielt das Buch an ihre Nase: »Und riechen tut's ururuuralt.« Jetzt wollten und mussten wir alle daran riechen. Wann gibt's denn schon die Möglichkeit, an einem urururalten Buch zu riechen?

Ich wickelte das Buch in meinen Schal und wir gingen zurück. Ich glaube, ich bin noch nie so vorsichtig gelaufen wie mit dem Buch. Wie auf rohen Eiern ging ich. Ein ganz schön komisches Gefühl, ein kleines Buch, das Millionen wert ist, eingewickelt in meinen Schal, an meinen Bauch gedrückt.

Erst als wir in der Weinberghütte waren und wir in die Sonne blinzelten, fanden wir unsere Sprache wieder. Wie aus einer Anspannung heraus purzelten die Worte aus uns.

KAPITEL 12

Beccis Papa war gerade im Garten und hackte Holz, als wir angeradelt kamen.

»Papa, du kennst dich doch mit alten Büchern aus, oder?«, fragte Becci und zwinkerte uns zu.

»Naja, ein bisschen.« Und schon sauste die Axt auf das Holzscheit. »Warum?«, fragte er schnaufend und legte das nächste Holzscheit auf den Holzklotz.

»Ach, wir haben da so ein altes Buch gefunden, willst du es einmal sehen?« Becci musste grinsen, als sie das fragte, und wir konnten unser Lachen kaum unterdrücken.

»Na, dann zeig mal her!« Ich wickelte vorsichtig das Buch aus meinem Schal. »Das muss ja ein ganz besonderes Buch sein, wenn Hatice es in ihren Schal einwickelt, da bin ich ja mal gespannt«, meinte er und lachte. Ich hielt ihm das Buch hin. Und Beccis Papa stand mit offenem Mund und dem Beil in der Hand da. Und starrte auf das Buch.

»Das, das, das ist ja … das ist doch …«, stotterte er, ließ die Axt fallen, ging langsam auf mich zu und schob seine Brille hoch. Er beugte sich ganz nah zu dem Buch. »Das ist es wirklich, das, das …« Dann riss er sich zusammen und staunte: »Wo habt ihr das her?« Ich wollte gerade anfangen zu erzählen, da rief Beccis Mama, ob wir Lust auf Pfannkuchen haben. Na klar hatten wir Lust.

Wir saßen alle in der Küche und vor uns ein Berg mit Pfannkuchen. Und Erdnussbutter, Schokoladencreme und Zimt und Zucker standen bereit. »Jetzt erzählt doch, spannt mich nicht auf die Folter!«, bettelte Herr Steingraf mit vollem Mund.

»Na gut«, meinte ich und stieß meine Freundinnen unterm Tisch an. Wir platzten selbst fast, weil wir es erzählen wollten. Wir waren mächtig aufgeregt. Ich begann vom Münzschatz zu erzählen.

»Ich weiß, ich weiß, weiter, weiter!« Herr Steingraf war ganz ungeduldig und nervös. Dann erzählte ich vom Geheimgang. Wie wir ihn suchten. Dass wir in einem verlassenen Weinberghäuschen einen Gang gefunden hatten, der hinter einem Regal verborgen war, dass das vielleicht der Geheimgang ist, wie wir in den unterirdischen Gang hinein sind, einen Ausstieg mit Falltür entdeckt haben. Und die Falltür der Zugang zu einem anderen Weinberghäuschen war, das voll mit alten Büchern aus Bibliotheken war, mit Stempeln und so. Dann hörten und lasen wir ja von dem Raub und sind noch einmal in den Gang und da... Ich erzählte und erzählte, Amira, Becci, Chris und Marijke ergänzten immer wieder. Zeitweise redeten wir durcheinander und Herr Steingraf hörte kopfschüttelnd zu. Von dem Mann mit dem Raben erzählte ich nichts, ich zwinkerte meiner Schwester zu und sie zwinkerte mir zurück.

»Dann, dann hat euer Lateinlehrer das Buch... ähm, er hat das Buch gestohlen, das ist ja, das wär ja unglaublich. Wir müssen das Buch sofort zum Museum bringen. Hm, aber dass ihr, Mensch Mädels, das ist aber gefährlich gewesen, das kann man sich gar nicht vorstellen, was da hätte passieren können, Mädels, Mädels.«

Jedes Mal, wenn Herr Steingraf »Mädels« sagte und uns anschaute, wurde Chris ein bisschen rot und Marijke schaute mich mit einem anderen Blick an als sonst. Ich glaub', ich bin ein bisschen rot geworden.

Plötzlich wischte sich Herr Steingraf seinen Mund ab, grinste ganz verschmitzt und meinte: »Ich hab' da eine Idee.« Er lächelte verschwörerisch.

Wir fuhren alle mit ihm in die Stadt zum Bischöflichen Museum. Herr Steingraf hatte dort angerufen und gesagt, er habe da ein wertvolles Buch, er wäre gerade in der Stadt und würde es gerne vorbeibringen. Wir trafen die Direktorin des Museums, Frau Direktorin Süpple, im großen Bibliothekssaal. Sie trug gerade ein Tablett mit Teetässchen und Teekanne.

»Na, dann zeigen Sie mal, Herr Steingraf!« Herr Steingraf zeigte auf mich: »Bitte, Hatice!«

»Oh, haben die Damen wieder einen Schatz gefunden?«, meinte sie lachend. »Ich hab' ja schon viel von euch gehört.«

Ich wickelte vorsichtig das Buch aus meinem Schal. Frau Süpple stand da und verfolgte jede Bewegung von mir. Ich zitterte etwas. Ich hielt ihr das Buch hin. Sie starrte auf das Buch, atmete hörbar ein und aus, stieß einen Schrei aus und ließ das Tablett fallen.

»Das Buch, das Buch, oh mein Gott, das Buch, das Buch, Frau Blömelke, Frau Hermes, kommen Sie schnell!« Frau

Süpple war vollkommen außer sich. Der Scherbenhaufen zu ihren Füßen störte sie überhaupt nicht, sie murmelte nur: »Scherben bringen Glück.«

Natürlich mussten wir alles erzählen. Ich glaube, wir erzählten es fünf oder sieben Mal, weil immer mehr Mitarbeiterinnen und Mitarbeiter hinzueilten.

Das Buch hatte Frau Hermes auf ein rotes Samttuch gelegt, alle starrten auf das Buch, sprachlos und kopfschüttelnd. Frau Süpple weinte, so gerührt und glücklich war sie.

»Verzeiht bitte, aber das Buch, ach, Kinder, das Buch!«

KAPITEL 13

Der Schluss ist schnell erzählt, die Polizei überraschte Herrn Donner, als er in die Weinberghütte kam, und verhaftete ihn. Seine Mutter mussten sie wecken, sie schlief immer noch. »Meine Socken muss ich noch fertig stricken«, hatte sie gesagt, als man die Dame abführte. Als Herr Donner später beim Verhör gefragt wurde, warum er das getan habe, gab er zu Protokoll, dass er die Bücher alle bei sich haben wollte, die Bücher hätten ihn gerufen: »Komm, hol' mich, nimm mich mit, komm!« Ja, so hätten sie gerufen. Er hätte nichts dagegen tun können. Nur die lateinischen Bücher hätten ihn gerufen: »Komm, komm, nimm mich mit!«

Und wir, die Dachziegelbande, bekamen einen supertollen, einen megaklasse Finderlohn. Das Museum schenkte uns eine Reise nach London, eine Reise auf den Spuren von Sherlock Holmes. Nur wir, ohne Mamas und Papas.

»Mal sehen, was ihr dort für Geheimnisse und Schätze entdeckt«, rief uns Frau Süpple nach, nachdem sie uns den Finderlohn sozusagen überreicht hatte. Als wir im Auto saßen, merkten wir, dass Becci fehlte.

»Die kommt gleich«, meinte Chris. »Sie holt nur schnell ein Buch über London und Sherlock Holmes.«

Marijke saß neben mir im Auto.

»Dann muss ich unbedingt mein U-Boot mitnehmen und es in der Themse tauchen lassen!«, meinte sie.

»Warum?«, fragte ich.

»Na, der Erfinder des U-Boots hat mit seinem U-Boot in der Themse die ersten wichtigen Tauchgänge gemacht. Und das muss ich auch!« Marijke strahlte mich an: »Schlafen wir dann in einem Zimmer?« Ich wurde rot. Mein Herz klopfte und ich nickte. »Cool!«, meinte sie und gab mir auf die Backe einen Kuss.

»Ich werd' ganz viele britische Kochrezepte aufschreiben und die besten Köche besuchen und die schönsten Klamotten kaufen«, rief Chris in die Runde.

»Oh ja, da kommen wir mit und suchen dir was raus!«, meinte Amira.

»Und Becci nimmt ihr Saxophon mit und wir machen Straßenmusik und meine Schwester und ich machen Akrobatik dazu.«

»Und die Dachziegelbande findet die Diamanten von dem spektakulären Einbruch bei dem Juwelier ›Hatton + Hatton‹«, ergänzte Becci, die mit einem Stoß Bücher ins Auto stieg.

»Dachziegelbande, wir kommen!«, riefen wir durcheinander, ließen unsere Kaugummis platzen und zwinkerten uns zu.

Am anderen Tag trafen wir uns bei strahlendem Sonnenschein auf der Kirchhofmauer. Wir lauschten Becci, die uns aus »Sherlock Holmes« vorlas, verspeisten Banoffee Pie, herrliche süß-klebrige Törtchen aus Karamell, Bananen, Rahm und ein bisschen Teig, die uns Chris als Vorgeschmack auf London gebacken hatte. Er meinte, das ist »very british«.

Und wir fanden, dass wir die beste Bande der Welt sind!

LONDON

Die Kinder unserer Geschichte wissen viel. Orte, Menschen und Schätze, die sie entdecken, sind viele hundert Jahre alt. Aus dieser Zeit stammen auch Grundlagen für das heutige Lernen und Wissen.

Denn um das Jahr 800 beginnt unter König Karl dem Großen eine Bewegung, die sich „Karolingische Bildungsreform" nennt. In Mitteleuropa werden Schulen in Klöstern eingerichtet, in denen auch Wissen der antiken Griechen und Römer gelehrt wird. Kluge Menschen, wie Lioba und Rabanus Maurus aus unserer Geschichte, lernen dort und unterrichten später selbst. Lange Zeit können nur wenige Kinder diese Schulen besuchen. Es wird über 1000 Jahre dauern, bis in Europa Bildung allen Kindern zugänglich ist und sie forschen können wie die Dachziegelbande.

LERNEN UND WISSEN

UM DAS JAHR 800 GIBT ES IN EUROPA...

... VIELE VÖLKER UND KULTUREN.

... VIELE UNTERSCHIEDLICHE SPRACHEN.

... WENIG VERSTÄNDIGUNG.

... WENIGE BÜCHER UND SCHULEN.

KÖNIG UND KAISER KARL DER GROSSE ...

... VERSAMMELT AN SEINEM HOF VIELE GELEHRTE, DIE ...

... MIT- UND VONEINANDER LERNEN.

... SCHRIFT- UND BUCHKULTUR STÄRKEN.

... WISSEN SAMMELN UND RETTEN.

.... BIBLIOTHEKEN UND SCHULEN GRÜNDEN.

... KLÖSTER UND KIRCHEN BAUEN.

... WISSEN VERMEHREN UND VERBREITEN.

DIESE GEMEINSAMEN WURZELN PRÄGEN UND VERBINDEN EUROPAS KULTUR BIS HEUTE.

ENTSTEHUNG

Es war an einem stürmischen Nachmittag in Fulda, die Wolken flogen von links nach rechts, die Sonne schien und ich war auf Lesereise in Fulda.

An diesem Nachmittag traf ich den vor Energie und Wissen sprühenden Dr. Michael Imhof. Er begann, mir die Stadt, seine Stadt zu zeigen. Wir fuhren oben hinauf nach Petersberg, dort zur großartigen St.-Peter-Kirche, mit Blick auf die Stadt Fulda mit ihrem Dom und der Michaelskirche. Und übers Land, weit konnten wir blicken. Er erzählte von der Kirche, von Rabanus Maurus, von Lioba, von Bonifatius, vom Klostergarten. Plötzlich fragte er mich, ob ich nicht eine Idee hätte, ein Kinderbuch zu all diesem zu machen.

Das ist jetzt über zwei Jahre her.

Wir schrieben uns. Tauschten uns aus. Ich schrieb die ersten Gedanken auf und reiste wieder nach Fulda.

Ich suchte das schönste Buchantiquariat der Stadt auf, stöberte, fand Schriften zu Rabanus Maurus, zum Kloster Fulda, zu Klostergärten.

Bei einem Eis meinte Dr. Michael Imhof, für dieses Projekt müssen wir noch jemanden ins Boot holen. Die Zeit verstrich, ich war zu Hause und schrieb und reiste nach Fulda zum nächsten Termin. Wieder saßen wir, Michael Imhof und ich, im Café, da erschien das Jemand, das mit ins Boot müsse: Frau Christine Kenner vom Landesamt für Denkmalpflege in Hessen. Eine großartige Frau, voll mit Wissen und Humor! Und es begann eine der schönsten und fruchtbarsten Zusammenarbeiten!

Wir erklommen den Turm der St.-Peter-Kirche, standen staunend im uralten Dachgebälk, stiegen hinab in die Krypta, hinunter zu den Wandmalereien. Frau Christine Kenner erzählte, erklärte und nahm uns mit auf eine sagenhaft schöne Reise.

Wir standen vor dem leeren Sarg der Lioba! Ich erfuhr immer mehr und mehr, wir spazierten zum Klostergarten, standen in der Bibliothek, ich notierte alles Gesehene,

Gehörte in mein Buch. Alles wurde konkreter und konkreter, da holte ich jemanden in unser Boot: Julia Dürr, die wunderfeine Illustratorin. Denn ein Buch ohne passende Illustrationen ist wie ein Apfelstrudel ohne Äpfel!

Die Geschichte wuchs. Gespräche, ICE, auf der Mauer vor der Kirche sitzen, Raben, ihr Krächzen, in Alkmaar das erste U-Boot gesehen, die Kinder in meiner Geschichte brauchen einen Namen, ich hatte die aufgestapelten Dachziegel im Turm von St. Peter vor Augen, da, na klar, es ist die Dachziegelbande. Julia Dürr zauberte Illustrationen, bunt, strahlend und Wissenstafeln, in denen die von mir so geliebten kleinen Figuren herumhuschen und sich in emsiger Tätigkeit befinden.

Das Buch ist allen Kindern gewidmet. Zum Lesen, Staunen, Entdecken und Bandengründen!

Die Dachziegelbande lebt!

Thomas J. Hauck

ORTE

KIRCHHOF MIT LINDE IN PETERSBERG

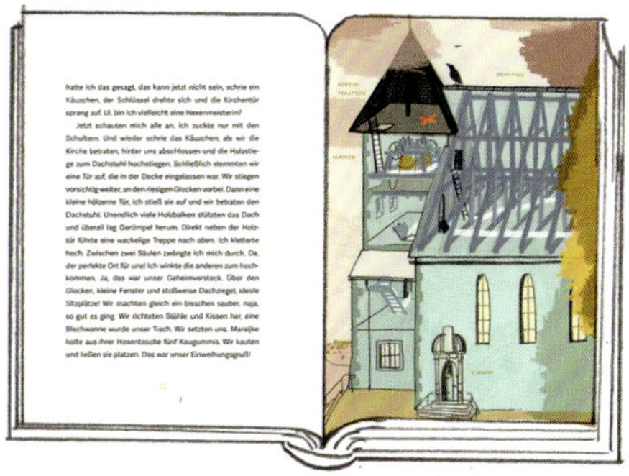

LIOBAKIRCHE IN PETERSBERG MIT GLOCKENTURM UND DACHSTUHL

WANDMALEREIEN MIT ENGELN IN DEN KRYPTEN FULDAS

KRYPTA DER MICHAELSKIRCHE IN FULDA

STRASSENZUG MIT DER LIOBAKIRCHE IN PETERSBERG

BAROCKE BIBLIOTHEK DES PRIESTERSEMINARS IN FULDA

THOMAS J. HAUCK

KINDERBUCHAUTOR, FILMEMACHER, SCHAUSPIELER, MEERWELLENTÄNZER, KARAMELLBONBONERIST, LEBT IM HIER, ABER AUCH VIEL IM DORT, SO AUF DER MS ROSENDAEHL, AM STRAND VON OOSTENDE, IN DEN WEINBERGEN DES REMSTALES UND AUF DEM BLAUEN SOFA.

JULIA DÜRR

STUDIERTE ILLUSTRATION IN MÜNSTER UND BRÜSSEL. HEUTE LEBT UND ARBEITET SIE ALS ILLUSTRATORIN IN BERLIN UND IN DER LAUSITZ. FÜR IHRE ARBEIT WURDE SIE DURCH DIE STIFTUNG BUCHKUNST UND DIE AKADEMIE FÜR KINDER- UND JUGENDLITERATUR AUSGEZEICHNET. 2020 ERHIELT SIE DEN ÖSTERREICHISCHEN PREIS FÜR KINDER- UND JUGENDLITERATUR.

CHRISTINE J. E. KENNER

LERNTE, STUDIERTE RESTAURIERUNG, KUNSTGESCHICHTE, DENKMALPFLEGE, BAUFORSCHUNG UND MITTELALTERLICHE GESCHICHTE. SIE ARBEITET IN DIESEN FÄCHERN UND LEBT IN DER RHÖN. FÜR IHRE ARBEITEN ZU VORROMANISCHEN KIRCHEN DES KLOSTERS FULDA ERHIELT SIE 2007 DEN EUROPA-NOSTRA-PREIS UND 2014 DIE RABANUS-MAURUS-MEDAILLE, PETERSBERG.

MICHAEL IMHOF

STUDIERTE GERMANISTIK, POLITISCHE WISSENSCHAFTEN, PÄDAGOGIK UND GEOGRAPHIE AN DER UNIVERSITÄT MARBURG. SEIT 1980 WAR ER DEZERNENT FÜR DIE LEHRERFORTBILDUNG IN FULDA UND KOORDINIERTE HESSENWEIT DIE ZUSAMMENARBEIT ZWISCHEN SCHULEN, MUSEEN, ARCHIVEN UND GEDENKSTÄTTEN. 2012 VERLIEH IHM FRANKREICH DEN ORDRE DES PALMES ACADÉMIQUES, 2019 DIE AMERIKANISCHE OBERMAYER-STIFTUNG DEN GERMAN-JEWISH HISTORY AWARD.

ABBILDUNGSVORLAGEN FÜR ILLUSTRATIONEN

LIOBAKIRCHE SEITE 40

Die Kirche St. Peter in Petersberg bei Fulda. Denkmalpflege und Forschung (Arbeitshefte des Landesamtes für Denkmalpflege Hessen, Band 20), Darmstadt 2014, Tafel XVIa-XVIIb

BUCH SEITE 104

Vera Trost: Skriptorium. Die Buchherstellung im Mittelalter. Begleitheft zur Ausstellung Bibliotheca Palatina, Heidelberg 1986, S. 10-15

FIGURENGEDICHT SEITE 107

Winfried Wilhelmy: Rabanus Maurus.
Auf den Spuren eines karolingischen Gelehrten,
hg. von Hans-Jürgen Kotzur, Mainz 2006, S. 80, Abb. 56

IMPRESSUM

Autor: **Thomas J. Hauck**

Illustrationen und Umschlaggestaltung: **Julia Dürr**

Konzeption, Gestaltung und Text Wissensseiten:
Julia Dürr, Michael Imhof, Christine Kenner

Layout & Satz: **Zanko Loreck**

Lektorat:
Dr. Michael Imhof, Dr. Berthold Jäger, Christine Kenner, Klaus H. Orth, Dr. Verena Smit

Das Buch wurde ermöglicht durch:
Gemeinde Petersberg
Landesamt für Denkmalpflege Hessen
Stadt Fulda
Verein Zukunft Bildung e.V.

Verlag: **Michael Imhof Verlag**
Druck und Bindung: **optimal media GmbH, Röbel/Müritz**
Druck auf FSC-Papier
Schrift: **Adelle Sans, Palmer Lake, Appleberry**
1. Auflage 2021
ISBN 978-3-7319-1172-2

Michael Imhof Verlag GmbH & Co. KG | Stettiner Straße 25 | D-36100 Petersberg
Tel.: 0661/2919166-0 | Fax: 0661/2919166-9 | info@imhof-verlag.de
www.imhof-verlag.de

Dieses Buch erscheint im Rahmen des Projektes
raban. Bildung in Bewegung

raban
BILDUNG IN BEWEGUNG